あなたの孤独は美しい

戸田真琴

竹書房

はじめに

みなさん、こんにちは。初めましての方も多いと思います。私の名前は戸田真琴。職業はＡＶ女優をしています。

私はこれからこの本の中で、ひとりぼっちで生きていくというライフスタイルのことを根っから肯定していこうと思っています。

どうして二〇代の小娘、しかもＡＶ女優に自分を肯定されなければいけないのか、という疑問は、あなたがこの本を読み進めていくうちに——納得して貰えるところまで私が連れていくことができたなら——解けるものだと信じています。なので、まずどうして私があなたのことをこの紙と文字の向こう側から肯定したいと願っているのか、そのことからお話しできればと思います。

あなたの目には、この世界はどのように映っていますか？

たとえばまさに「ぼっち」だった学生時代の私の目からは、まるで自分以外の全てが無駄にキラキラとして見え、反対に私自身は小さくて冷たく硬い、汚い石ころのように見えていました。自分以外のものたちが輝いている様を、時にうらやましく、時に憎たらしく思いながら、それでも私という生き物は、孤独であるということをやめることができませんでした。

友達に話しかけられたとしてもうまく話せる自信がないから、読みもしない本を机に積み上げて嘘の居眠りをし続けていた教室の隅で、卑屈さと同時に自分自身の孤独に対して「これでいいんだ」と納得しているところがあったのです。

いまならば、その納得の理由をいくらでも紐解いていくことができます。

今、あなたが信じられなくても構わない、けれど知っておいてほしい確かなことが、ここにたったひとつだけあります。

それは、人生において愛が全てだということでも、健康に長生きすることが素晴らしいということでも、努力は必ず報われるということでも、友達を大事にしなければいけないということでも、ありません。

人生において大切なたったひとつのことは、
「あなたの孤独は美しい」という事実です。

それを、言葉だけでなく感覚として、あなたのなかでもう決して消えないように、ちゃんとわかってもらいたくて、私はこの本を書こうと思います。

あなたが、世間からほんのちょっと浮いてしまった時、そんな自分を恥じるよりも早くに、私が大丈夫だと言うために駆けつけます。
あなたが、賑やかな集団に混ざれなくて、そんな自分を情けなく思う時、本心に背いて無理やり混ざりに行こうとするよりも早くに、私がその手を掴んでちゃんとあなたらしくいられる場所まで連れていきます。

現実には身体は一つしかないのでそんなことはできやしませんが、心という自由な空間の中では、あなたのところまでちゃんと走っていけるのです。こうして、本という形にして、いつでもあなたが開くことのできる場所に置いておくことさえできたならば。

そんな願いを込めた本にしたいと思います。

あなたが、あなた自身を恥じないで生きていけるようになるのなら、私はきっとどんな言葉も吐くでしょう。

あなたに言葉を聞いて貰えるように、私自身の生い立ちも掘り下げつつ、私たちのような、どこか一般社会に馴染みきれない爪弾き者たちの生きていく方法を、一緒に探していければと思います。

ただの満足よりももっとみずみずしい「孤独」を、それぞれに生きていくために。

contents

2　はじめに

第一章

10　そもそも親が新興宗教信者だし教育歪みすぎでやばい
18　誰かの善意が誰かの悪夢
23　結婚するまで男の人と付き合えない！
29　たすけて！　処女童貞信仰
33　小学生時代　～劣等感のかたまり～
38　中学生時代　～思春期の地獄～
46　泣かないでお姉ちゃん
51　誰にも羨ましがられない存在
56　高校生時代　～もうひとりの私～
63　百個の理由

第二章

74　ＡＶ業界は体育会系？
79　超マイナス・ヒーロー
88　無駄にモテなくていい
95　愛と憎しみとナチュラルハイ

105 優しくて可愛い人ほど舐められる
114 優しさの周波数

第三章

120 ツイッターやめたら元気になった
126 白でも黒でもないグレーのままで
132 呪いをじわじわ乗り越える
140 男らしさって必要？
147 永遠が欲しい
153 人のオモテしか見なくて良くない？
158 オリジナルの愛で
165 ひとりぼっちのなり方
170 せーの、で世界を変える
177 老いるのはかっこいい
184 愛になりたかったものたち
195 無いものはつくればいい

204 おわりに

装丁　金井久幸（ツー・スリー）
写真　田川雄一
ヘアメイク　竹田博美

第一章

そもそも親が新興宗教信者だし教育歪みすぎでやばい

初めからタイトルに癖がありすぎて、すみません。

ここからしばらくは、私が生まれてから処女のままSODクリエイトからAVデビューするまでの〝戸田真琴未満〟の人生についてお話ししていこうと思います。


私の人生を遡っていって初めの記憶は、小さなアパートの一室でした。そこは首都圏からすこし離れた県の、さらに市街地からすこしだけ離れた、都会と田舎の中間あたりの町並みをした地域でした。畑もあるけれど自転車で三〇分くらい走れば駅前はそれなりに栄えている。そういった具合の、なんの変哲もない町です。

アパートの一階に部屋を借りていた私たち家族は、まだ生まれたてのふにゃふにゃした私と、幼稚園で友達の多かったお姉ちゃん、優しいけれど少し性格の不安定なお母さんと、怒鳴ると怖いけれど優しい時もあるお父さんの四人で暮らしていました。とはいっても、この家での記憶はほとんどありません。たまに縁側に子猫が遊びに来ることと、たまにお母さんが私たち姉妹を寝かしつけたあと、ひとりリビングで温かい飲み物を飲みながら録りためたスター・トレックを見ている光がこちらまで漏れていたこと、寝てしまった私の顔を見ながら、お母さんとお姉ちゃんが「かわいいね」と言い合っているのを聞いてしまい、気恥かしくて寝たふりをし続けてしまったこと、三歳にも満たない私が突然家を飛び出して近所中を徘徊し、大人に話しかけられるたびに家の住所と両親のフルネームをぺらぺらと話し連れ戻されたこと……記憶しているのはこのくらいのことです。

私は、それこそ高校生くらいになるまで、あくまで自分の育った環境はごくごく普通の、ひいては普通よりやや平和で幸福くらいの暮らしだと信じていました。

なぜなら子供というものは、自分の置かれている状況以外の暮らしを身をもって体験したこともなければ、それを疑う術すらも持ち合わせていないことがほとんどだからです。姉は私に対して決して嫌がることをしない、優しすぎるくらいに優しい人だったし、両親も、少なくとも私が見ていた範囲内では、体罰だけはしていないようでした。クラスの友達が突然親の離婚によって名字を変えざるを得なくなった時や、テレビのニュースで虐待の報道がされているのを見ている時、親を早くに亡くしてしまった子に接する時など、自分の家庭はとても平和なのだと改めて嫌みなく思ったものでした。わかりやすく何かが欠けたりしているわけではないように見える自分の環境に対して、無知な子供が疑問を抱くのはとても難しいことです。

私が初めて、自分の家のことについて驚かされたのは、小学五年生になる時に隣の市に引越した時でした。

物心がちゃんとついてからの、初めての本格的な引越し。当時は当たり前の風景だと思っていた、何もしないお父さんと徹夜で引越しの荷造りをするお母さん。いつでもたくさんの物で溢れかえっていた我が家はそれだけでも大掛かりな引越しとなったのですが、ひときわ大変だったのが、「ある巨大なモノ」の運び出しでした。

その頃は、三歳くらいまで住んでいたアパートからそう遠くない、畳屋さんの奥のスペースと二階の部屋を借りて住んでいたので、生活に必要なほとんどのものは二階の部屋にありました。

引越し当日、大きなクレーン車がやってきて、二階の窓から作業員さんたちがぞろぞろと部屋に入ってきます。開けっ放しの窓からは、一階の畳屋さんから香って来るいぐさの匂いがどんどん流れ込み、私たちは半ば唖然としながらその景色を眺めていました。

作業員が三人がかりで運び出したのは、物心ついた頃からいつも当たり前にそこにあった、黒くて大きな仏壇でした。

それは高さでいうと一・八メートル、横幅も一・二メートルくらいはあるであろう木製の棚のようなもので、その時私は初めて、この仏壇がもとから家の壁に設置されていたものではなく「私たち家族の私物」であったことを知ったのでした。


お母さんは、朝と夜にそれぞれその巨大な黒い仏壇に向かって念仏のようなものを唱えます。一度につき三〇分くらい、私も一緒に正座をしたままさせられるそれは、子供にとってはもっぱら退屈で意味のわからない行為であり、私自身も同じように唱えるように言われても、辛いしつまらないしその上この行為の間はお母さんに構ってもらえない、という最悪なものに思えていました。

日曜になるとお母さんは、同じように巨大な仏壇を持っている人の家に出向いて、たくさんの人たちと並んで念仏を唱えます。私や姉もたまにその集まりに連れて行かれるのですが、大抵つまらなくなって外に出て、同じく連れてこられた同年代くらいの子供たちと遊んでいました。


小学五年生から転校してきた学校は、人見知りで内向的でぽっちゃりしていた私に意地悪をする子もいない、とても平和な学校でした。とはいえ、仲の良い友達などそうそう簡単にはできません。なんとなく笑って、なんとなく馴染めないままやり過ごそうとしていた私に、同じクラスの一人の女の子が声をかけてきてくれました。その子はトモちゃんといい、クラスでも頭が良く、委員長も務めて頼りにされている女の子でした。トモちゃんのことを、キラキラしたいわゆるスクールカーストの「一軍」の女の子だと思っていた私は驚きましたが、すぐにその理由を知りました。

「あなたも〝会員〟なんでしょ？　お母さんから聞いたの」

そのひとことで、すぐになんのことだかわかった私は、それから毎日トモちゃんと一緒に下校をすることにしました。なぜなら、トモちゃんと仲良くしている限りは、私はお母さんにとっての「いい子」でいられると思ったからです。

私のお母さんは、いわゆる新興宗教の熱心な信者でした。

そして、トモちゃんとそのお母さんもまた、そうでした。

お母さんは、私が友達の話をしたり一緒に写っている写真などを見せると、どこかしら気に食わないところを見つけてはその友達を悪く言う癖がありました。

いじわるそうだとか、ばかそうだとか、こんな子はあなたの友達にふさわしくないとか、お母さんと会ったこともない友達を勝手に悪く言われるのが、私にはとても苦痛でした。

だけれど、仲良くしている子が同じ宗教に入っている親を持つ子供であるときは、まるでその子のことを悪く言うことがなかったのです。

実際にトモちゃんはとても賢くて意思の強い女の子で、私も大好きでした。

だけれどそれ以上に、この子と仲良くしていればお母さんに文句を言われることもない、という現実にホッともしていました。

しかし、トモちゃんがこっそり「あなたも会員なんでしょ?」と訊いてきたことによって、私は初めて自分のお母さんが信じているものが、他のみんなにとっては当たり前のものではないということを知ったのです。私のうちって、めずらしいことをしているのかもしれないのか。そういった疑問が芽生えたのも、この頃でした。

それからトモちゃんは、遊ぶ時間も返上して猛勉強し、お母さんの信じる宗教団体が運営している中学校に進学しました。私はもちろん普通の市立の中学校にそのまま進みます。せっかく仲良くなった彼女と学校が別れてしまうことも悲しかったのですが、それ以上に、お母さんが「うちにもお金があったらトモちゃんと同じ学校に行けるのに」とぼやいていることが私の気持ちを情けなくさせました。それでも、心のどこかで自分は普通の中学校に進むという事実に安心していました。私には、まだこの宗教のことを信じられる根拠が芽生えていなかったのです。

私は、わがままで少し冷めた子供、よくある末っ子的な性格をした子供でした。楽しくないことはやらない、その上、頭が冴えるので、やる意味がわからないことはやらない、ということも重要視して生きていました。中学生くらいになると、お母さんにたまに連れて行かれる集会のようなものに対しても、漠然とした退屈さだけでなく、ちゃんとした疑念が浮かんでくるものです。

集会では、その界隈でとても偉いらしいひとが「先生」と呼ばれ長い時間話をしているビデオを上映し、そのあと大勢で同時に念仏のようなものを唱え、子供らは練習させられたオリジナルソングなどを合唱したりするのでした。私は歌を歌うことも長時間座っていることも嫌いな子供だったのでいつもごまかして逃げていましたが、中学生くらいになって冷静にその集会のことを見つめてみると、そこで繰り返される言葉の中にはどうしても、私自身がありがたがって教えを請うほどのものは見つけられなかったのです。

そうして私はじわじわと、自分の家が普通の家とは少し違うのだということを知っていったのでした。

誰かの善意が誰かの悪夢

そんな感じで、普通とはちょっと違った家に育ったのだと気がついてしまった私でしたが、異様に心の強い子供だったので、そこまで落ち込みもしませんでした。幸い、自分にとって何が正しくて何が間違っているのかは自分で判断ができる子供だったし、心というものはそれ自体、いつも自由でいる術を必ずどこかに隠し持っているもので、その頃の私は「お母さんの宗教は私にとっては信じるべきものではないのかもしれない」と理解し、自分はそれを無理に信じる必要もない、と割り切りながらもそれをお母さんに対しては隠し通す、というやり方でなんとか切り抜けていた気がします。

それというのも、何かを純粋に信じきっている人にとっては、その対象を貶めるような言葉は、放つ側には想像できないくらいの鋭い攻撃になり得ることを知っていたからでした。

受験勉強で忙しいある日、我が家にお母さんと同じ宗教に入っている、二〇代前半くらいのお姉さんが二人訪ねて来ました。この宗教には子供たちが属する部署の他に、もう少しお姉さんになってから入る部署というのもあって、その二人は私にそこに属してもっと積極的に〝活動〟をしないかという働きかけのためにやってきたのでした。

私はその頃、もうまったくお母さんの宗教について「私はともかく、お母さんはこれを信じているし、心の支えにしている」という事実以外の何の感情も持っておらず、活動そのものについても全く興味がなかったので、受験で忙しいなどと真っ当な理由をつけて軽く断ろうとしたものの、お姉さんたちはなかなか引いてくれません。あまりにしつこいので、「私にとってその活動を受験勉強の時間を割いてまでするメリットが見つかりません」といった内容のことを言い返してしまったところ、二人は半ばヒステリックになり説教をし始めました。「あなたのためを思って言っているのに」「先生の教えを広めることは何よりも重要なこと」「先生は勉学にも励めとおっしゃっています、それはあなたと同じです」など、あらゆる言葉を使い、内容はただ一つの方向から、ものすごい気迫でまくしたててきました。

ほとんど喧嘩のようになってしまいながらもなんとか追い払い、これはさすがにひどい、とうなだれていると、お母さんがやってきました。「どうしてお姉さんたちと喧嘩になっちゃったの？」と訊ねてくるのでありのままを話し、そして何かを少しだけ賭けてみるような思いで、私はお母さんに訊ねました。「私はあのお姉さんたちのことを正しいと思えないし、今ものすごく嫌な思いをしたけれど、お母さんはそれでもあの人たちの言っていることが正しいと思う？」

これは今思うと、子であり一人の人間としてものを考えて生きている娘の私と、親であり宗教に傾倒し型にはまったお母さんの、どちらが正しいと思う？という代理戦争のような問いだったのだと思います。

お母さんは、とても困った顔をして、「あの人たちだって、いいことをしようとして、あなたのためを思って言ってくれてるのよ」と答えました。

その時私は、「好き」であることと、「その人の全てを信じる」ということを、全く分けなければ守れないものがあるな、と確信しました。ここでいう守りたいものは、何を隠そう自分自身のことです。

私は、怒っていない時のお母さんのことは好きでした。いつまでもどこか頼りなくて、無邪気な少女みたいなところがあって、話が面白くて、頭があまり良くなくて、胡散《うさん》臭い自己啓発本をすぐに鵜呑みにして周りに心配ばかりかけているお母さん。テレビにでているかっこいい人が好きで、深夜アニメの美形のヒロインが好きで、お父さんのことが嫌いで、私とお姉ちゃんのことをいつも可愛い可愛いと言って褒めてくれるお母さん。

いろいろな嫌なことも全部ひっくるめてお母さんのことが、好きだという気持ちを、自分の中から完全になくすということは今でもできる気がしません。だけれど、この時私は、お母さんのことを好きなままで、お母さんの言っていることを信じないままで生きていくことを決めたのでした。

たぶん、悲しいことに、私はお母さんよりも身勝手で勇敢だったのだと思います。

自分が何を信じて生きていくか、ということを、選択する自由が人間という生き物にはそもそも備わっているのだということを本能で知っていて、それを裏切ることができなかったのだと思います。

それからも、お母さんの宗教をなるべく自分の生活の影響下に入れないようにさまざまな苦労はしましたが、ひとまず自分は自分、としてほとんど無宗教のスタンスで生きていく道はひらくことができました。

しかし、お母さんが無意識にかけたもうひとつの呪いは、そう簡単に振りきれるものではなかったのです。

結婚するまで男の人と付き合えない！

お母さんが私にかけたもうひとつの呪いは、男女交際についてのものでした。そもそも幼い頃から子守唄のように毎日お父さんの悪口を聞かされていたので、それが漠然と男性というものに対する恐れになっていたというのも大いにあるのだとは思いますが、もっと確かな言葉で、わたしは男女交際をしてはいけないと教えられていました。

男女に限らず、私が仲良くなった友達のことを値踏みしては評価を下していた母でしたが、私の遊んでいる友達グループに男の子がいたときは一層強く言ってきました。「男の子と遊ぶのは危ない」「男の子と二人っきりになっちゃやだめだよ」と繰り返し言われるので、だんだん、男の子と話すこと自体なにかものすごくいけないことをしているのではないかという気持ちにさせられました。

いま冷静に思い返すと、お母さんは、私たち娘に自分のような人生を歩んでほしくないと願っていたのだと思います。

お母さんは、お父さんとの結婚を後悔していました。

東京で育ったお母さんは、それもお母さんのさらにお母さんからの教育だったのか、男性とお付き合いをしないまま社会人になりました。お化粧もまったくせず、その理由は「へんな男の人に目をつけられないように」というものだったそうです。そうして、恋愛に消極的に生きてきたお母さんは、ある日お父さんにひとめぼれをされたそうです。断り方もわからず、お父さんのことを好きにもならないまま、押し切られて結婚してしまった、と語っていました。

私はその人生のお話と、今現在に残る後悔からの愚痴を聞くたびに、不運だったんだな、と同情する気持ちと、自分の意思をもっとちゃんと持っていれば別の道もあったのでは、と思う気持ち、その結果として生まれてしまった自分とお姉ちゃんの存在も、お母さんの人生では不運のひとつだったんだろうか、と自分の存在を情けなく思う気持ち、たくさんの種類の感情が渦巻きました。その中でもっとも学びになったのが、「怖いことはなるべく知らないままでいよう、というふうに生きるということは、安全なようでいて実際、とても危険なことなのかもしれない」ということでした。

刷り込みのように根付いた「男の人は危険」という思想と、自分で見つけた「知らないままで恐れているものがあるというのは危険なこと」という思想の間で揺れながら生きることになったというのが、いずれ私をＡＶデビューで処女を喪失する、という物語に駆り出してしまう要因のひとつになったのだと今では思います。

中学生くらいになると、現実の保守的な思想と行動とは裏腹に、恋愛への欲望、いつか誰かと愛し合いたいという願望は思春期ゆえにふくらんでいきました。周りのみんなにはどんどん色っぽい話題が増えていきますが、自分はお母さんのこともあり、そう恋愛に踏み切ることができません。

だからといって、人を好きにならないわけではありませんでした。

その頃私はすごく活動のゆるい美術部に入っていて、部活の時間になっても美術室に行かずに放課後の校内をうろうろと歩き回るのが好きでした。隣のクラスにも、いつも放課後部活に行かずに残って本を読んでいる男の子がいて、今思うと私はその子のことを少し好きだったのだと思います。読書をしない子供だったので、本を読む癖がついている人はみんな自分よりも立派に見えたし、生意気なことに家族の中にいると自分だけが正しいように思えていつも寂しかったのもあり、潜在的に自分にできないことができる人や自分より立派に見える人を好きになる傾向がありました。

私とその男の子は放課後になるたびいつもくだらない話をして、たまに本のおすすめを教えてもらったりして過ごしていました。思い出しても、夕日のオレンジ色となびくカーテンの音、校庭から聞こえる運動部の掛け声、風とともに薫る花の匂い、どれも青春の一ページと呼ぶにふさわしいひと時だったと思います。

ある放課後、私はその男の子に告白されました。今こうして冷静に思い返すと、思春期の男の子が、気の合う女子と放課後毎日話していて、特別な感情を抱くのも無理はないと思います。しかし、私にはその子の告白を受け入れるための準備が何ひとつ整っていませんでした。

まず、家の歪んだ教育から、どうしてもポジティブに男の人と付き合ってみようと思うことができません。それはなんだかものすごく大変なことに思えてしまいます。次に、私は自分のことを、一人の男の子の大事な一〇代の時の中で大きな配分を占めていいほど価値のある人間に思えませんでした。もっといい人がいるよ、という以外の思いが見つかりません。そして、なにより私は理由のわからないことを恐れてしまう性格でした。それは、今思うとお母さんに似てしまっていたのだと思います。

当時も今も、好きになったら付き合いたいと思う、という思考回路が普通とされていますが、なぜ付き合うのかが私にはわかりませんでした。好き、という感情は、時と場合によってはどうあがいても勝手に生まれ出てしまうものです。勝手に生まれてしまったものに、事務的な処理を施すことも、ハッピーエンドだけを約束することもできません。また、その頃から、異性に対する「好き」という感情のすべてが必ず「付き合いたい」という欲求に繋がるわけではないこともわかっていました。好き、というだけで本当は完成なのではないか？　なぜその先で「付き合うかどうか」という白黒つけるような選択が迫られてしまうのだろう、ととても悩みました。お母さんが男の子と結婚する前に付き合っちゃだめって言うから私はこの子と付き合えないけれど、この子のことはたぶん好きだと思う……という心と環境の矛盾に、未熟だった私は、極論でしか対応できなかったのです。

私の導き出した極論――好きな相手でも告白を断ることができる正当な理由――は「この人といつか結婚するのかな？　赤ちゃんをつくりたいって思うかな？」という問いを自分の中で投げかけてみるということでした。その結果、私は便宜上、お母さんのかけた呪いという形でもなく、世間の流れに身をまかせるのでもなく、あくまで自分自身の信念という形をもって、誰とも付き合うことなく青春時代を過ごすことができたのです。……わかりきっていることですが、この画期的な極論を振り回し、ますます人生が沼の中に沈んでいくことになるのは、この先のお話です。

たすけて！　処女童貞信仰

大人と子供の違いってなんだろう？　と考えてみると、私にとって一番に思い浮かぶのが「善悪の判断がつくかどうか」という基準です。もちろんどんな物事にも善に見える側面と悪に見える側面は少なからず両方あって、一概には言えないのですが、子供や精神が未成熟である可能性の高い少年少女に接する時、やっぱり彼ら彼女らは大人に守られるべき存在なのだな、と思わされるのは、自分の行動が善であるのか悪であるのかの判断がついていないように見える時、または、それを自分でジャッジするべきなのだという自覚が見られないと感じる時です。なぜ大人が子供を守る義務があるのか、それは、子供たちがまだ善悪よりも手前にいる存在だからなのだと思います。

自分を客観視する能力が育っていないことが子供の特徴ならば、それゆえに困難にぶつかった際、自分のことを正当化する傾向にあるのも同じく子供の特徴と言えるでしょう。たとえば喧嘩をした後など、自分が悪いということを認めることは、大人になってからでも抵抗がある人は少なくないです。それでも、感情をある程度沈めて、自分の主観からではなく一歩引いた地点から冷静に判断し、自分に非がある時はきちんと認める、という行動を取れることが、大人であることの大切な条件であるような気がしています。

さて、精神が未熟な状態で、大小たくさんの困難に直面せざるを得ないのが、思春期というものでしょうか。私ももちろん、前述した家族関係、学校での男女関係を含め、毎日混沌とした感情で学校に通っていたことをよく覚えています。

その中でもこの頃にひときわ大きく育っていってしまった混沌が「処女童貞信仰」でした。

先述した通り、自分を客観視するという視点をうまく操る能力がまだ育っていない思春期の頃、困難に直面するたびに自分の頭で打開策を考える時、ついつい自分自身が否定されないルートを選ぼうとしてしまうものです。中高生として日々を生きる中で、「結婚するまで男の子と付き合ってはいけないし、セックスもしてはいけない」「なぜなら本来セックスは愛する人と子供をつくるためにすることだから」「そこまでを共にする確信がないのなら遊びで付き合うも同然で、無責任なことである」という自分の理想とお母さんの教育の双方から形作られた正義の極論を否定してしまうことのないままで過ごしていくのは、困難を極めるものでした。日々広がっていくクラスメイトたちとのギャップ。そんな中、それでも「自分と、自分を育ててきた家族の価値観だけがおかしくて、周りは正常なんだ」とは思いたくないのが人の、特には子供の心理というものでしょう。

みんなと同じになってみたい、だけど自分の決めた正義も壊したくない。恋愛にもエッチにも、興味はあるような気がしている、だけどそれを認めたら私の信じてきたものが間違いになってしまう。そうならないように、きっと自分が自分の美学に沿って生きているのだと感じられるように、どういうふうに考えたらいいんだろう……と思い悩み続けた結果、「貞操を守っているひとは美しい」という――極端な自己肯定をも含んでいる――信仰に達してしまったのでした。

そういう好み、いわゆる「そういう性癖」なのだと、割り切ってしまうことにすると一転、自分の人生がユニークなものであるかのような気がしてくるから不思議です。この時の発想の転換が正しいものだったのかどうかは今でもわかりませんが、自分の生き方を不幸や歪《いびつ》と形容するよりも、ユニークだと思った方がふつうに日々が面白くなってくるものです。実際、今尚この考えを引き摺ってしまっているため、正直な話、貞操観念のゆるい男女にどことなく苦手意識があったりします。困るのはそのくらいで、あとは元気に処女童貞信仰を持った大人をしています。

学生だった当時、当然男性経験はありませんでしたが、きっといつか本当に好きな人にだけ差し出そうと思うことは、私自身が私自身を大事にできるように、という意味もこもったお守りのようなものでもあった気がします。そして、それは相手となる男性にも言えることで、いつか童貞の王子様が現れたら良いな、と思っているふしがあります。現実はそんなにあまくないよ、と思う人もいるかもしれませんが、思春期に形作られた自己肯定のための信仰は、どこかあの頃の地に足がつかない自分の感性をも今に到るまで連れてきてくれているような気もします。

小学生時代 ～劣等感のかたまり～

自分がどんな小学生だったか、あなたは覚えていますか？

私は、もちろん断片的な記憶しかありませんが、あまり明るい子供ではなかったと記憶しています。外で遊ぶのが苦手で、体育も嫌いで、その中でもドッジボールは痛くて怖いのでひときわ大嫌いで、運動のできる子がそのままクラスの人気者になるという風潮があった小学校では、私は目立たない子供でした。お母さんはお洋服を作るのが好きで、よく私やお姉ちゃんにも作ってくれていましたが、花柄や水玉など明るくポップな色柄で、袖もパフスリーブの可愛らしいそれらは、色白ですらっとしているお姉ちゃんにはよく似合っていたものの、色黒で顔もまん丸くぽっちゃりしている私にはあまり似合っていませんでした。お姉ちゃんには男の子の友達がたくさんいて、毎日放課後、家に連れて来てはリビングでテレビゲームをして遊んでいましたが、その男の子たちの中の一人に私のお気に入りだったピカチュウのおもちゃを壊されてからは、私は男の子たちがみんなガサツで怖いものだと思うようになり、自分のクラスの男の子たちのこともあまり好きではなかったと記憶しています。

子供ながら、自分がクラスの中でスクールカーストの上位にいくことができないキャラなのだということを自覚してしまっていて、そのことがいつも悔しく思えていました。小学生の生きる世界は狭いもので、この教室と家、そして往復する通学路の他にもっとずっと果てしない世界が広がっていることなど想像することもできず、ただ私はずっと「何かが足りない側」なんだ、「何かが劣っている側」なんだ、という意識をもって生きていました。それを受け入れるでもなく、ただ悔しがりながら。

そんな私にも、得意なことがありました。それは、絵を描くことと、勉強をすることでした。絵は幼稚園の頃から好きで、ほとんどの同級生たちが外で遊んでいる間も私と少数の内気な子供たちは室内で絵を描いていました。お母さんは、私の絵を見るたびに「一番上手だね」と褒めてくれました。お母さんの褒め方は具体的に理由をしっかり言うタイプの褒め方で、人を描いたときは「ほかの同い年の子がみんな人を描く時に頭の横から手足が生えているように描くのに対して、あなたはちゃんと胴体を描いているから上手なのよ」と言ってくれたのでした。ただぼんやりと褒められるよりも、その根拠を知ることができたので、絵を描くことは「好きなもの」というよりも、「得意なこと」として子供ながらに認知していられたように思います。

そして小学校に入ってからは、勉強が得意なのだと知りました。テストがあるというのはとてもわかりやすいことで、得意だという意識がなくても自分がどのくらいできているのかわかります。私はいつもほとんど一〇〇点しかとらない子供で、そのことをお母さんは喜んで褒めてくれたので、テストや学校の授業自体のことがとても好きになりました。

運動神経もなく、おしゃれにも疎く、男の子とは怖くて仲良くできない、という三重苦を背負った私であっても、得意と思えることがあることは心の中の救いでした。

友達は多い方ではありませんでしたが、小学五年生の時に引越してから仲良くなったトモちゃんとは毎日一緒に下校していました。しかし、この頃の話は、ただ楽しかった思い出とは言い切れない要素があったのです。

トモちゃんには、いつも一緒にいた友達がいました。ここでその子の名前をハルちゃん、とします。ハルちゃんはすらっとした美人で、いつも流行りのブランド子供服に身を包み、さらさらのロングヘアを二つに結んでいます。トモちゃんとハルちゃんはスクールカーストの一軍的なポジションにいて、劣等感たっぷりの私から見ると、いつも満ち足りている女の子に見えました。

私が転校してきてから、トモちゃんと私はとても仲良くなりましたが、そのことをハルちゃんは気に入らなかったようで、私のことを教室や帰り道で無視するようになりました。ハルちゃんは途中までは私たちと同じ道で帰るのですが、ちょうど半分くらいの地点の曲がり角でようやくお別れしていきます。なので、私は毎日帰宅の道のりのうち半分の間は、ひたすらハルちゃんに無視されたまま帰らざるを得なかったのです。

ハルちゃんは、欲求を口に出して言うタイプの女の子でした。「なんでこんな子と仲良くするの」「この子が知らないアニメの映画観に行こうよ」「日曜日遊ぼうね、この子抜きで」平気な顔で発せられる言葉は無垢で鋭く、子供心にはかなりきつかったものの、半分のあいだ我慢をすればそのあとはトモちゃんと好きなだけ話せる、と思うとどこか余裕があり、さらにはハルちゃんも自分の仲良しな子が取られたみたいで腹立たしいんだな、と理解することもできたので、そこまで落ち込むこともありませんでした。ただ、この時の経験は見えないところで「女の子っていうのは自分の都合で好き勝手に攻撃してくるものだ」といったような認識に繋がっているような気がします。これを読んでいるあなたにも、もしも女性に対する苦手意識、攻撃されるかもしれないという恐怖があるとしたら、遡ってみると似たような経験をしているのかもしれません。

それでも、トモちゃんと二人になってからは平和な帰り道を歩いていくことはできましたし、お姉ちゃんとも仲が良く、そこまで世の中に対して絶望的な気持ちになることはありませんでした。子供時代における本当の地獄が、この先に口をあけて待っているとも知らずに……。

中学生時代 〜思春期の地獄〜

トモちゃんが私立の中学校に入って、私とハルちゃんは同じ中学で仲良しごっこをすることになりました。私たちのふたりとも、ずっとトモちゃんにべったりだったため、他に友達がいなかったのです。

ハルちゃんは私を無視していたことも聞こえるように悪口を言っていたこともまるでなかったかのように、私に毎日一緒に帰ろうと話しかけ、流行りの男性アイドルのことなんかを楽しそうに話しては、笑顔で手を振りながら曲がり角を曲がっていきます。私は自転車で、ハルちゃんは徒歩だったので、曲がり角を越えたら私は気兼ねなく、自転車を漕いで家に向かうことができます。

ハルちゃんの変わりようにツッコミどころがいくらあろうとも、何かひとつでも彼女の望んでいない言動をしたらまたいじめられるのでは、という怖れがあったので、私も合わせて何もなかったかのようにニコニコしながら、ハルちゃんの荷物までカゴに入れた重たい自転車を押して歩いていました。友達ってなんだろう、と真面目に考え始めたのは、このときだったのだと思います。

また、教室の中で私がいわゆる「いじめ」を知ったのもこの頃でした。私のクラスでは、漫画やイラストが好きなおとなしい子がバカにされる傾向がありました。運動部に属していて流行りものに敏感な女の子たちが、集団で特定の子の悪口を言ったりするようなことが、私のいる教室内でもあったのです。

私はというと、ハルちゃんが突然媚を売り始めたことによって、ああいう気の強い女の子たちがどういう気持ちでいるのかを少し分かってしまった気がしていました。スクールカーストの一軍に立とうとする女の子たちに対して、恐怖よりも、どこか哀れみのような気持ちが湧いていたのです。きっと、誰かをいじめていなければ自分の優位性を保っていられないこの子たちも弱いのだろう、と思っていました。トモちゃんを取られたくなくて意地悪をしていたハルちゃんのように。

とりあえず、誰かがいじめられているようなクラスに自分は居たくないし、なんなら私だって漫画を読んだり絵を描いたりすることは好きなのに、自分だけなぜかいじめられないのもどことなく腹が立つ。そう思っていた私は、毎日、いじめのターゲットにされている女の子たちに積極的に話しかけました。漫画の貸し借りをしたり、一緒に座って絵を描きながら、いじめっ子たちが近づいてこようとしたら睨み返す。それをしている間は、敵対心を察知したのか、彼女らは寄ってはきませんでした。しかし、私が他の用事で離れたりしている間に、やはり同じ行動をしにきます。この子たちがいじめを一時的にやめるのは、ただやり返されるのが怖いという時だけで、その行為自体が間違っているということには、ぜんぜん気づいていないようでした。

すっかり腹が立っていた私は、エスカレートした時には主犯の子を呼びつけてはっきりと説教したり、これからはもうしませんと言わせたりまでしていたのですが、やはりクラスメイトからの説教など効果がないようで、数日経つとクラスのいじめは復活していました。いじめっ子たちの腐った様子に、どんどん絶望が膨らんでいくのがわかりました。今でも、どうすればよかったのかと悔やむことがあります。精一杯この教室からいじめをなくそうと奔走していました。それでも、どんなに頑張っても通じない相手はいる、ということを学ばざるを得ませんでした。

そんなある日、教室の近くのトイレに血の跡がついているという騒ぎが起こりました。クラスでいじめを受けていた女の子が、見せしめのように、学校の中でリストカットをしたのです。その子はそのまま早退していき、それから学校には来ませんでした。ああ、いじめっ子をもっと見張っていれば、もっとずっといつもあの子のそばについていれば、とたくさんの後悔をしました。その子が学校に来なくなってから、私はその子がやっていたブログに毎日匿名でコメントを書きました。あんな学校には行かなくてもきっと大丈夫、学校の外にきっとあなたが嫌な思いをしない世界だってあるはず、その頃の私に言える慰めの言葉は今よりもさらに説得力がなく、何の役にも立たない言葉ばかりでしたが、一度だけ、「ありがとう、頑張ってみる」と返信があり、泣いたことがありました。この時の気持ちは、今でも自分の中に深く残っていて、私が思ったことをどこかに書いておかなければ、と考える理由のひとつになっているのかもしれません。

地獄の教室からやっと逃げられる帰り道、ハルちゃんとの時間も、またもう一つの地獄といえるものでした。初めのころは普通に楽しいだけの会話をしていた私たちでしたが、そのうち、彼女の話す内容は他の誰かの悪口ばかりになっていきました。ハルちゃんはテニス部に入っていましたが、同学年の唯一の女子部員のことが嫌いになってしまったらしく、いつもその子の容姿や振る舞いを汚い言葉で罵ります。また、クラスの担任の先生も嫌いらしく、その人のことも悪く言うのですが、それもまた容姿やちょっとした立ち居振る舞いについての文句ばかりでした。私は自分の容姿にも振る舞いにも自信がなかったので、そんなふうに人のことを悪く言えるハルちゃんの気持ちがわからず、困惑するばかりでした。

ハルちゃんの悪口を聞く時間は、自分のことじゃなくても、自分に言われているような気がしてとても苦しいものでした。毎日、早くハルちゃんが手を振る曲がり角までついてほしい。なるべく早くついてほしい。そう願いながら相槌を打っていました。一緒に悪口を言うというのもひとつのやり過ごし方だったのかもしれませんが、それをしてしまうと「悪口を言った」という事実が自分の中にシミのようにべっとりとへばりついてはがれなくなりそうで、恐ろしくてできませんでした。ただ、毎日耐えるだけ。ハルちゃんは無邪気に、「真琴ちゃんが愚痴聞いてくれて助かるわー、この時間がないとストレスで死んじゃう！」と笑います。もしも私がこのハルちゃんの聞き役を降りたら、他の子がこの立場にならなきゃいけないかもしれない。この言葉のナイフたちが、私以外になるべく刺さりませんように――と願いながら、耐え抜く他ない日々が続きました。

ある帰り道、いつも通り自転車を押しながらハルちゃんの愚痴を聞いていました。その頃にはもう、何が正しいのかわからなくなっていて、ただ相槌を打つふりをしながら、めまいがするような、意識が遠のくような、何も考えられなくなっていくような感覚を味わいながら歩いていました。

民家や木々の隙間から、オレンジ色の西日が差してきて、今日の夕焼け空はきっと綺麗なんだろうという予感がします。見上げると雲は薄く、天使の羽のようにふわふわと広がり、夕日の色を編み込むように美しく染まっていました。

それを見た途端、私は急に、自分のしていることが愚かなことなのではないかと思い立ったのです。

今日の夕焼けは絶対にとてもきれいで、それはハルちゃんに合わせて自転車を押してこのスピードで歩いていたら、そのうちに沈みきってしまうかもしれない。だけれど、今この瞬間にハルちゃんを置いて自転車を漕ぎ、夕日の綺麗に見える坂の上まで登っていけば、ほんとうに綺麗なものが見えるかもしれない。だけど、私は罪悪感や恐怖からくる思考停止から、それをすることができない。色々な疑問が浮かんでくる。私が今していることは正しいことなのだろうか？生きるって、耐え抜くことなのだろうか？　もっと自分が、いいと思えるものを見ながら生きていたい。誰かに合わせて、歩く速度を調整して、そのせいで自分が見たいものが見られないなんて、そんなのは苦しすぎる、と。そのときはっきりそう思ったのです。

結局、同じ速度で曲がり角まで歩いて、たくさんの愚痴を浴び終わり、ハルちゃんの後ろ姿を見送ってから自転車をめいっぱい漕いで夕日の見えそうな場所を探しました。その時には既に陽は沈みかけていて、さっき予感したような美しい夕焼け空も見ることができず、広がっているのはほとんど夜になった空でした。最後の名残のように、濃いオレンジ色をした夕日が、乱立する鉄塔の一つにぶすりと刺さるように、沈んでいきます。その様子を見ながら、本当に悲しい気持ちになって、わんわん泣きました。夕日が見たかったのです。友達の愚痴よりもずっと、綺麗なものを見ていたかった。そう思っている自分の気持ちに嘘をついてしまったせいで、結局見ることができなかった。それがこの時の私には、なんだかとても、とりかえしのつかないことをしてしまった、というふうに思えたのでした。

この時から、最後には自分の心の方を大事にしないと、いつか後悔をするのかもしれない、という予感が、私の中で色濃くなっていったのでした。

泣かないでお姉ちゃん

「自分の心の方を大事にしなくては」と思ったのは、何も自分に対してだけではありませんでした。当時、学校では学校の地獄を、帰り道では帰り道の地獄を味わっていましたが、家に着いてからも、またもう一つの地獄がありました。

私のお姉ちゃんは、とても優しい女の子です。小さな頃から私よりも可愛くて、男の子の友達もたくさんいて、クラスでも人気者のようでした。実際中学に入学した頃も、三年生のお姉ちゃんがいるクラスの人たちに会うと「○○ちゃん（お姉ちゃん）の妹さん？」と声をかけてもらえることもあり、鼻が高い気持ちになりました。家の中でも優しく、余ったおやつや夕飯のおかずの一番いいところも私に譲ってくれる、大好きなお姉ちゃんでした。

お姉ちゃんがいじめられていると気がついたのは何が原因だったのか、はっきりとは思い出せません。しかし、その頃だんだんとお姉ちゃんは学校に行かない日が増えていきました。もともと低血圧ぎみだったのもあって、朝に弱い人でしたが、朝起き上がることができないまま体調不良を理由に学校を休んでしまう、という日があまりに続き、私やお母さんは、お姉ちゃんが学校で何か嫌なことを経験しているのだと気がついたのです。

お母さんから又聞きした話ですが、お姉ちゃんは吹奏楽部の練習中に、他のパート内で仲間外れにされていた女の子を庇《かば》おうとしてその子と仲良くしていたら、いつのまにかいじめのターゲットが自分に移ってしまったのだそうです。

お母さんは可哀想がっていましたが、お父さんは学校に行かないお姉ちゃんを「甘えてる」と言って毎日叱りました。小さな頃、テレビでいじめを扱っているものを見たときに頼もしく「もしうちの子達がいじめられたりしたらお父さんがぶっ飛ばしてやる！」と笑っていたのを覚えていたので――もちろんそんな言葉は初めから信じていませんでしたが――やっぱり悲しかったです。

私とお姉ちゃんに割り当てられた部屋は、一軒家の二階にあたる場所にふた部屋ありましたが、ずっと仲が良かったので、それぞれ個室を一室ずつという使い方ではなく、片方を二人の勉強部屋、もう片方を二人の寝室として使っていました。どうせ部屋にいるときも寝るときも一緒なのに、私たちは毎日紙に絵とメッセージを書いては、交換日記のようにお互いの机に置いて遊んでいました。私が先に寝てしまったときも、次の朝には机の上にお姉ちゃんからの落書きを見つけたりする――それは、もはや息苦しさを感じていた家の中ではほとんど唯一と言える心地よい瞬間でした。

その習慣はお姉ちゃんの学校生活の雲行きが怪しくなってからも続いていました。私たちはいろいろなことに気がついてしまいながらも、まるで平和で幸福な子供のふりをして、ふざけた手紙を交換していました。お母さんがいじめられている子供を「可哀想」という感情でしか見ることができないことも、お父さんがいじめられている子供の気持ちを理解できないことも、そもそもこんなに優しい女の子が誰かに意地悪される世界なのだという事実も、全部が本当に悲しく、どうすれば少しでも良くなるのかということをずっと考えていた日々でした。そして、その気持ちは今でもずっと続いているものです。

学校でのいじめと同じで、家の中でも無力感を味わう日々でした。不登校の日々も長く続き、お父さんも怒り疲れ、もはやお姉ちゃんが学校に行かないこと自体を鉄板のいじりネタのように扱い始めた頃、お姉ちゃんはほとんど自室から出てこなくなっていました。私の家は毎日全員揃って夕飯を食べる習慣があったのですが、その頃には当然家の中の空気も悪く、夕飯の時間はお姉ちゃんをバカにするお父さんとそれを否定する私との口論の場と化していました。お母さんは「どうしてお姉ちゃんはあんなふうになっちゃったんだろう」と困った顔をするばかりで、本質からは目を逸らし続けているように見えます。

リビングには、ガン、ガン、と金属が硬い木に当たるような音が天井から響くことが増えました。音のする場所は、丁度お姉ちゃんと私の勉強部屋があるあたりでした。

お母さんは、「またこの音?」と不思議そうに困った顔をします。私は、この音がお姉ちゃんの心の軋む音だということを知っていました。音がするたびに二階に上がり、コンコン、とノックをして少し待ってから勉強部屋のドアを開けると、お姉ちゃんは涙を流しもせずに、右手に持ったハサミを勉強机に打ち付けています。時には、ハサミの傷つける先が机ではなく、自身の太ももや腕の場合もありました。私はいつも、そういう場面に遭遇しては、同じ部屋で泣いていました。

お姉ちゃんの悲しみを同じ量と同じ質で完全に解ることはできないけれど、私はお姉ちゃんのことが本当に好きだったので、お姉ちゃんが傷ついていることが嫌で嫌で仕方なく、それを伝えるべく涙は流れてくるものの、泣いたからといってこの世界がお姉ちゃんや私に優しい世界になるわけじゃない。そんな無力感からまた涙が出てくる。そんな毎日を過ごしていました。

お姉ちゃんは、たまに私が泣いているのを見ては、つられて泣き出します。「代わりに泣いてくれてありがとう」と言われたこともありましたが、私は、何も解決できていないのに言わせてしまった「ありがとう」に、なおさら自分の無力さを見出すことしかできませんでした。

誰にも羨ましがられない存在

お姉ちゃんのいじめ問題は、彼女の中学卒業とともに解消されました。しかし、その時の経験で私の中に芽生えた〝お姉ちゃんに悲しんで欲しくない〟という気持ちは、問題が解消されたあとも続いていくのです。
その気持ちの表し方はいろいろあって、もちろん普通になるべく優しく接しようと試みることもその一つではありましたが、私の思いやりは素直なものよりももっと捻《ひね》くれたものの方が多かったような気がします。

小学生時代のパートで書いた通り、私は勉強と美術が得意な子供でした。それは中学生になっても変わらず、美術部に入ったのもあり毎日楽しく絵を描いていました。お姉ちゃんも絵を描くことが好きで、交換する手紙にもお互いにイラストを添えたりしていましたが、だんだん歳を重ねるにつれ、私の方がお姉ちゃんよりも絵が上手いということに気がついていきました。お母さんもそれを見ながら、私の絵の方を褒め、お姉ちゃんの絵には「真琴ちゃんの方が上手だね」と悪気なく笑いながら言います。しかし、お姉ちゃんは絵を描くことが好きだったようなので、その度に僅かながら悲しい顔をしていました。

劣等感というものについて、よく考えるようになったのはこの頃でした。

同時期に、学校でもだんだんクラスメイトたちが高校受験に向け、お互いにテストの点数や通知表の数字を意識し合うようになっていきました。小学生の時はクラスの中で誰が高得点を取っていようとそこまで話題にもならなかったのに対し、中学では点数というものが重要視されているようでした。そういう空気を察し、だんだんと私はテストの点数をなるべく周りに見えないように隠すようになりました。週に四日塾に通っている子や、お父さんと同じ国立大学にいくんだと豪語しながらテストの点を周りに自慢している子よりも、そこまで目標のない自分の方が高い点数を取っていることが、なんだか申し訳なかったのです。

ある日のテスト返しで、点数の高い順にテストが返された時、いつもクラスの中で頭がいいと言われていた子たちよりも先に私の名前が呼ばれました。私がいい点数を取っていることをみんなに黙っていたことが、バレてしまったのでした。それから、いつも成績自慢をしていた子たちは、私に敵対心を抱き、テストの度に勝負を挑むようになりました。私自身は、特にいい成績を取るということにこだわりがなく、ただ小学生の頃いい点数を取ったらお母さんが褒めてくれて嬉しかったという気持ちの延長でテストというものを捉えていたので、週に何日も遊ぶのを我慢して勉強したり、親御さんの期待に応えようといい大学を目指したりしている子たちとはまるで勉強に対する真剣さが違うな、と感じていました。なので、私なんかよりこの子たちの方がいい成績を取ってほしいな、と思うようになったのです。ここでも、自分が得意なことに対して、誰かに劣等感を抱かれるとき、まるで自分がその人を悲しませてしまったような気持ちになるという悪い癖が出て、私はだんだんと、勉強なんかできない方がいいと自分に対して思うようになりました。

同じく、お姉ちゃんが悲しむので絵を描くのもなるべくしないようになりました。そのことを好きで、練習を重ねているお姉ちゃんが、私のようなもともとなんとなくできてしまう人間に劣等感を抱くのが、すごく不毛で悲しいことに思えたのです。勉強でも、絵でも、それを防ぐためには、同じ土俵に立たないということを選ぶほかないという考えに至ったのでした。

今となれば、優しさを完全に履き違えている行為だったと分かりますが、当時進路調査票に学校名でも職業名でもなく「いい人」と書いて提出するほど自分に対して思いつめていた時期だったので、その時の私にとってはどんな常識よりも「自分のせいで誰かが悲しむということをなるべく無くす」ということが大切だったのです。私は誰にも羨ましがられない人になりたいと思っていました。そうすれば、自分のせいで悲しむ人が一人でも減るのだと信じていたのです。

その考え方も大人になるまで心の何処かにあり続けていて、私がAV女優になることを選んだ理由のひとつにも、「なるべく誰にも羨ましがられない存在にならないといけない」という気持ちがありました。もしも私のことを誰かが羨ましがろうとしても、「でもこの子はAV女優だし」と見下すことで劣等感を抱かないで済めばいい、と思うが故のことでした。これもやっぱり正しいことなのか今でも悩むところではあるのですが、誰かが誰かに劣等感を抱いて、そのせいで自分自身を嫌いになる、という現象が、私にとって本当になるべく起こって欲しくない、悲しい現象に思えていたのでした。

結局、美術の先生に勧められていた美術系の高校も、担任の先生に勧められていた地域で一番偏差値の高い女子校も受験することはなく、偏差値を一〇くらい落とした公立高校に進学しました。そして、高校に入ったらもう真面目に勉強はしないようにしよう、と決心したのです。

高校生時代 〜もうひとりの私〜

中学校の卒業式を終え、打ち上げのカラオケを和やかに過ごした後、帰り道を歩きながら日々を思い出していました。みんなと同じに見えるよう、まるで卒業が悲しいかのような振る舞いをしてはみたものの、思い返すのは誰にも相談できないままあらゆる苦難を解決しようと奔走していた毎日で、それは、小さな頃思い描いていた楽しい中学校生活とはまるで似ても似つかぬものでした。

「高校生になっても遊ぼうね」と言い合った友人たちとも、よくよく考えてみると、きっと過去を引きずらずにそのまままみんな新しい生活に溶け込んでいく方がお互いにとっていいような気がしてきます。そうして、私は誰にも心を開かないまま卒業してしまったのでした。

それは悲しいことかもしれませんが、その頃の私は自分のことをまるで不幸であるかのように認識することがカッコ悪いことに思えていたので、「心からの友達がいないなんて別に普通のこと」と自分に言い聞かせながら中学の友人たちのアドレスを全部削除して家に帰りました。

そうして、友達はいない、勉強する気もない、そんな私が高校生になったのです。

高校生を始めるといっても、すでに私の中には子供らしい「充実した高校生活にするぞ!」といったような希望が存在しておらず、頭の中にあるのは、今度こそ友達ができるといいな……といったくらいのささやかな望みでした。

クラスの男の子に告白されてもお決まりの「どうして私なんかのこと好きになるんだろう?」という疑問と、「結婚して赤ちゃんをつくろうと思うほどこの人のこと好きになれるのかな?」という基準によってお断りして逃げることしかできないし、体育祭やスポーツ大会など学校行事ではみんなが同じように盛り上がっている中で自分だけがうまく馴染めていないような気がしてきて冷めてしまう、そんな中学時代の捻くれ方を引きずっている高校生活になっていました。

軽音部に入ってベースを始めてみたものの、指が短すぎて一向にうまくならずに挫折してしまったので、放課後は帰宅部になってなんとなく生徒会室に入り浸る日々を過ごすようになりました。生徒会室は本校舎から少し離れた別棟にあって、部活や委員会中のキラキラした生徒たちをあまり見なくて済む場所だったので、妙に居心地がよかったのです。

高校三年生になる頃のある日、いつものように生徒会室で同学年の生徒会の女の子と話していたら、同学年の男の子に「俺が今年生徒会長になって学校を面白くするから、戸田が副会長になってくれ」と言われました。その子は高校生にしては妙に達観しているような雰囲気のある男の子でした。漫画や音楽の趣味も大人びていて、みんなが流行りのJポップを聴いている中で一人大きなヘッドホンをしてNIRVANAやDREAM THEATERを聴いています。クラスでは誰もが恋愛について内緒話のなか打ち明けているというのに、その男の子はいつも生徒会室でクラスメイトの好きな女の子の名前を言っては「○○ちゃんと結婚してえ～」と大声で叫んでいて、三回振られているらしいのに元気にわかりやすく片思いをしていて、そんな姿がなんだか、私にとっては珍しく、とても良いもののように見えていたのでした。

貸してくれたヘヴィメタルのアルバムの良さはその頃の私にはよくわからなかったけれど、なんとなくこの人についていけば面白い高校生活になるような気がした私は、生徒会選挙に出馬してみることにしました。

自信はなかったものの、そもそも出馬する人自体少ない選挙だったからか、無事に生徒会副会長になることができた私は、それから放課後毎日会議や雑務で忙しい日々を送りました。

忙しいといっても、話し合う内容は「校内の自販機に炭酸飲料を導入するか否か」「指定上履きのデザインを改めるか否か」のような今思うとどっちに転んでも変わらないような、平和な議題ばかりでした。それでも、議論のやり方や自分の意見の伝え方など、大人になってから役に立つようなスキルを学ぶ場所が生徒会だったのでしょう。私たちは議論や全校生徒向けのアンケート作成など、いたって真面目に取り組んでいました。

この頃知ったのは、私は「議論」というものに全然向いていない人間なのだということでした。いざ生徒会室内で話し合いになると、大体のメンバーが対立する意見のどちらか一方を選んでメリットを主張し合う形で進むのに対し、私はいつも「自分がどちらの方をいいと思うか」ではなく、「どちらの方がより支持者が少ないか」で選ぼうとしてしまうのでした。場の空気がどちらか一方に偏るということが良くないことに思えて、足りない方の味方をしたくなってしまうのです。今思うとそれは、崩れそうな家庭内のバランスをどうにか整えようと奔走してきたことによってついてしまった癖のようなものかもしれません。自分の主張というものはもはや無く、私の体重をシーソーのどちら側に乗せたらよりバランスが取れるか、ということを考えてしまうのです。そのため、会議のたびに主張が変わって、徐々に生徒会長には「お前は自分の意見ってものがないのか」と怒られるようになりました。しかし、その頃の私にはなぜ自分の意見を主張することができないのかということを説明するほどの勇気も技量もなく、ただ怒られて落ち込んで帰る、という毎日を送るしかありませんでした。

この生徒会でのことを始め、様々な悩みが生活を覆っていましたが、すっかり自分の悩みを誰かに話すという選択肢がなくなっていた私は、ある時からノートとペンを友達にすることにしました。

授業をやり過ごし、休み時間をやり過ごし、生徒会の時間を怒られながらやり過ごし、家に帰って夕食の時間をやり過ごし、早めにおやすみを言って自室に入る。そこからは、他の誰にも評価されることのない自分だけの時間が始まります。

ノートを開き、頭の中で私の話を聞くためのもう一人の私を思い浮かべます。そして、その〝私〟に話しかけるようにして今日の出来事やその中で感じたことをペンで書いていくのでした。そこでは、他の誰かに話した時のような「考えすぎだよ」とか「そんな風に思うのは異常だよ」といった、一般論という名の否定がなされることはありません。

私は少し変かもしれないけれど、私がこの世界をどういうふうに見てどう感じているのかを知りたい——ここにある感情を「みんなと違う」という漠然とした理由で無かったことにはしたくない、と思いながら、なるべく何を感じたかを丁寧に、言葉を重ねてノートに書いていったのでした。

そういうふうにして、もう一人の私に話していると、だんだんと自分の思考が整理されて、悲しみや悔しさや儘《まま》ならなさのようなマイナスな感情が落ち着いてくるのです。なぜなのかはわからないけれど、私はずっと漠然と、「生まれなかった方がよかったものなんてない」ということを言いたくて、それを自分自身の中に生まれるマイナスな感情に対しても思っているのでした。

ノートとペンを友達にした私は、なぜだかそれから友達がいないという寂しさを感じることはありませんでした。毎日ちゃんと自分自身と向き合う時間があることが、自分という生き物のもつ輪郭を徐々にはっきりさせていったのだと思います。

百個の理由

くるりは、名曲「ハイウェイ」の中で、「僕が旅に出る理由はだいたい百個くらいあって」と歌っています。私はこの歌がとても好きです。なぜなら私がＡＶ女優としてデビューすることも、ある種、旅に出るようなものだと捉えていて、またその為にこさえた理由も同じく百個くらいあると感じているからでした。

デビュー作で描かれた表向きの理由は「エッチがしてみたいから」という単純明快でうぶで可愛らしく見えるものでしたが、ものは言いようで、本当の思いに近い言い方をするならば「みんなが当たり前みたいに経験していっているセックスというものを頑なに拒み続けている自分自身が、もうとっくに重たく煩わしく、どうにかして変革してしまいたいから」といったところでしょう。女性のどんな特色でも、男性目線で可愛らしく魅力的に認識されるように変換してしまう特殊技能を持つＡＶ業界ですが、私にとってはまるで自分がか弱くて可愛い女の子として新たに生き始めることが可能になったかのようで、どこか救われた気持ちになったのを覚えています。

自分自身のことが重たく煩わしく、どうにかして変えたいと思う気持ちは、裏を返せば「みんなと同じになりたい」という願いでもありました。

処女を貫いているということは自分の意思でもありましたが、歳を重ねるにつれ、その事実がだんだんと重荷に思えてきてしまったのです。

大学に入って少し経った頃に、同じ授業を取っていた数十人で飲み会が行われました。私は両親から教えられてきたお酒の場に対する恐怖心から、それまで飲み会といった類の集まりに参加したことはほとんどありませんでしたが、仲のいい子も数人参加するし、大人になるには少しずつこういう場にも慣れておかなければと思い参加することにしたのです。

オレンジジュース一杯でなんとなくにこにこと相槌を打ちながら何時間かやり過ごしていたのですが、皆お酒もまわり、だんだんと会話の内容が恋愛や、性経験にまつわることに偏ってきました。私は話せることもないので、なるべく話題にのぼらずに済むように黙っていましたが、先生の一人が「戸田ちゃんは彼氏とかいないの?」と訊いてきました。深掘りされると困るので、「秘密です」などと誤魔化そうとしましたが、嘘がばれるのも怖いので正直に「いたことないです」と答えてしまったのが間違いでした。そこから集団の興味は一気に私に移り、「一回もいたことないの?」「じゃあエッチもしたことないの?」「彼氏つくりたくないの?」「好きな人はいたことないの?」などと質問ぜめにあい、しかもそのどれもがイエス/ノーで答えることができる質問だった為、隠そうとしても黙ろうとしても、あれよあれよという間にすべてを話してしまうことになったのです。

それは、飲み会という常に話題を必要とする場所で、たまたま私がメインディッシュに晒し上げられてしまったという、ただの不運にほかならない瞬間でした。

しかし、私が男性とお付き合いや性交渉をすることを選んでこなかったという事実が、こんなにもみんなに笑われ、珍しがられ、ばかにされ、さらには翌日も翌々日も学内でくすくすと笑われなければいけないようなことだったのだということを、この時初めて本当に実感したのだと思います。

そして、強く思いました。セックスを経験していれば、セックスについて自らの体験をもって話すことができれば、みんなと同じになれるだろうか、と。それは今冷静に考えると正しいとは言い切れない判断ではありますが、私は藁をも掴む思いで、自分を変える方法を探していたのでしょう。

また、これは高校生の頃ですが、AVデビューを考えるきっかけになった忘れられない出来事があります。

当時、同じ教室の片隅で、いつもひとりで本を読んでいる男の子がいました。私も私で、読みもしない分厚い本を何冊も図書室から借りてきては、机の上に積んで「私はたくさん本を読むので一人にしておいてください」という暗黙のメッセージを発信しながら自分の世界に引きこもっていましたが、その男の子は私と違ってちゃんと読書という行為が好きで本を読んでいるようでした。

その子はクラスではあまり人と話をしない子でしたが、当時クラス内でも流行っていたツイッターの中では意外とよく呟く子で、ごく親しい友達にだけ見えるようにしていた私のアカウントもフォローしてくれていました。

その子のツイッター内では、好きな女の子のことが赤裸々に語られていました。生徒会の副会長をしていて、その役割から人前で話す機会が多く、本を読んでいる自分に読書が趣味って素敵だねと話しかけてくれる、優しい女の子。自身の自己評価とは似ても似つかぬそれは、何を隠そう私のことでした。彼の中では、どこか神格化されているようにも見えました。

その男の子がツイッターのダイレクトメール機能を使って自分の気持ちを打ち明けてくれた時、私はやっぱり気持ちには応えられないという回答をするほかなかったのですが、それはあなたが悪いのではなく、私自身の認知に歪みがあるのだということをたくさんの言葉を重ねて伝えたつもりでした。一度は納得してくれた様子でしたが、その後彼のツイッター上では、諦めきれないような思いと、自己嫌悪、それから「僕とセックスしてくれないなら、死んじゃいそうだ」という文字列が書き込まれていきました。

どんなに言葉を重ねても、彼が私のことを好きになってしまった限りは、セックスを差し出さないとわかってもらえないのか、と思ってしまった私は、どうしても彼に自分自身のことを嫌いになって欲しくなくて、「誰にも愛されない自分」なんていう幻想にのみ込まれて欲しくなくて、頭をフル回転させて泣きながら悩み倒しました。そんなこと言うのなら、望み通り私の身体なんてくれてやる、と決意しようと、何度も、何度も、気持ちに反して「やっぱり付き合おう」の言葉を打っては消すのを繰り返しましたが、ぎりぎりのところでやっぱり、彼の存在から逃げ出してしまったのです。所詮、誰かのためになりたいと願いながらも、自分の思いを無視することはできない程度の人間だったのでした。

それから、どこかでずっと異性に対し、「友情や敬愛の気持ちを抱いても、いずれはセックスをするかしないかというジャッジメントをどちらかが下さなければいけないのだろうか」という不安が付きまとうようになりました。そして、その不安を打破するべく私はまた素っ頓狂な解決策を思案しました。セックスを差し出さない女は、仲良くすることも許されないというのなら、先にセックスを「私のことを少しでも良いと思った人は誰でもアクセスして見ることができるもの」にしてしまえばいいのです。そうすれば、もう誰かが私とセックスできなくて死にたいと思うようなことも、なくなるのではないかと考えたのでした。

これらが、私がＡＶデビューするに至った理由百個のうちの、特に大きなふたつです。

そのほかにも、いざ好きな人ができたら恋愛のやり方が全くわからず、わけのわからない行動ばかりとって玉砕したことや、その悲しみから人生に対してやる気をなくし、何か生きる理由を見つけなければと思い学生ローンで借金をして車の免許を取りに行ったので身分証明書ができたこと（顔写真付きの身分証明書がなければＡＶ事務所に所属することも撮影を行うこともできない）、その借金をなるべく早く返すためにまとまったお金を工面しなければいけなかったこと、アイドルや女優になるのは自分に自信がないから恥ずかしいけれどＡＶは自信よりも思い切りが必要だから私でもできるかもしれないと思えたこと、普通にバイトや学生生活をするほうが性的対象として勝手に「かわいい／かわいくない」「やりたい／やりたくない」の秤《はかり》にかけられてタダで消費されてしまうけれどＡＶならばその消費がお金になるので一方的に搾取されるよりも納得できると思えたこと、映像作品や映画が好きだから自分の経験も映像に記録してしまった方が面白いのではないかと思ったこと、同じ場所に同じ時間に毎日通うことを苦痛だと思っていること、一刻も早く家族を頼らずに一人で自立して生きていけるようになりたかったこと、相談するほど仲のいい友達がいなかったため自分さえよければいつでもどんなことにでも踏み出せるという気持ちで生きていたこと、いつかお金を貯めて映画を撮ってみたいこと、個人プレーでやっていける仕事に就きたいこと、私が苦手な「エロ」というコンテンツに実際のところどんな良いところと悪いところがあるのかこの目でちゃんと確かめてから擁護するのかしないのかを選びたいと望んでいること、自分のことや世界のことが何もかも嫌になった夜に自慰をして緊張感を解くことで救われたことが何度もあったこと、だからエロは誰かを救うこともあるのではないかと思ったこと、いろいろな種類の人と関わりあってみたいと望むこと、今まで一番見せることが怖いと感じていた裸やセックスを先に開いてしまえば人生のうちで恐るべきことがほとんどなくなるのではないかと思ったこと、自分の気持ちを綴ることも、ＡＶ女優というインパクトから読んでくれる人の裾野が広がるのではないかと思えたこと、そうして自分を晒して生きていれば、いつか今よりもっと分かり合える誰かと出会える可能性が増えるのではないかと思ったこと、人目に晒されることでもっと強くなれると思えたこと、新しい名前で、新しい節目を越えて、落ち着いて人生をやり直したいと思ったこと。

あげようとすればまだまだあって、きっとちゃんと数えれば、やっぱりだいたい百個くらいあるのだと思っています。

「ハイウェイ」という曲は、そのあとこう続きます。「ひとつめは　ここじゃどうも　息も詰まりそうになった」。うまく呼吸ができる場所を、探していたのだと思います。

そして、「やさしさも甘いキスも　あとから全部ついてくる」と歌うのです。

AV女優になる際に、ここまで山ほどの理由で身の回りを固めなければならなかったというのもきっと珍しいパターンなのだと思いますが、それもまた自分の人生らしさというものなのかもしれません。

ここから新しい道をゆくための理由は、常に生産され重なり合って、いつしか自分にとっての〝行ってみたい方角〟という理想をつくります。それは、何もAVデビューという極端な行動に際する場合だけでなく、あなたがごく普通だと思っているであろう自身の人生のうちでも、常に起こりうることなのだと思います。圧倒的なたったひとつの理由よりも、生きてきた道のりの上でじわじわと積もってきた小さな理由を百個重ねて、自分の道を選んでゆくのでしょう。

その選択の末に、いつかあとからついてくる経験や出会いや記憶という宝物を求めて、足を止めずに生きていくのが、人生というものの面白さなのかもしれません。

第二章

ＡＶ業界は体育会系？

ＡＶ業界に入って予想外だったのが、思ったよりも体育会系だったということです。それは何も撮影に体力が必要というだけの話ではなく、人間関係においての話も含まれます。私はというと、運動部や大学のサークルなど先輩後輩関係が重要視される環境に身を置いたことがなかった人間なので、当然先輩を敬うというような習慣がついていません。その上他人に対して臆病で人見知りなので、業界に入ったばかりの頃は先輩やスタッフさんへの挨拶の声が小さすぎて聞こえないと注意されたり、挨拶をしたい相手が取り込み中に見えて声をかけるのを遠慮していたら「あの子は挨拶をしなかった」と言われて後々怒られたりと、常識のない人間として色々な人に怒られました。

他にも、同業の子に失礼なことを言ってしまって嫌われたり、大勢の女優さんがいるイベントでの控え室の出入りの時に先輩よりも先に出てしまいマネージャーさんに怒られたりなど、様々なところで自分の常識の無さを思い知りました。本当は、失礼なこととして捉えられたあの言葉は心からの褒め言葉で言ったつもりだったけれど、私にとっての褒め言葉がその子にとっての褒め言葉ではなかったために怒らせてしまったというのが事実だったし、先輩よりも先に控え室を出たのも「お先にどうぞ」と譲り合って結局余計に時間がかかってしまうことを避けたいが為に、みんなのスムーズな移動のためを思ってした行動だったのですが、それらは常識的には相手にとって失礼な行動だったのでした。

このようなことを繰り返して、注意をされるたびに、私の中にはいくつもの思いが巡りました。ひとつは、「みんなにとっての一般常識を知らずに生きてきた自分が恥ずかしい、申し訳ない」という気持ち。もうひとつは「私が良かれと思ってした行動だということを察してくれる人はいないんだなあ、寂しい」という気持ち。そしてもうひとつは「AV女優は個人プレーの職業だと思っていたのに、意外と社会性が必要な職業だったんだ……」という驚きでした。

個人的には、挨拶ができるとか先輩を敬うとか協調性を大事にすることよりも、一人一人が自分の納得できるように真面目に仕事をすることのほうが大事なことのように思えているので、今でもそこまで体育会系的なノリに染まろうという気持ちは持っていませんが、この頃の体験で学んだのは「自分の持っていなかった考え方のことも、なるべく知って、相手が不愉快に思わないように努力しよう」ということだったような気がします。

このままではナチュラルに失礼な奴だと思われて、無駄に反感を買ってしまうと焦った私は、当時メーカーの広報をしてくれていたお姉さんに、なるべく私が他人に失礼をしないように見張っていてもらうことにしました。大人数の集まる場では移動の時にも全員が先に移動し終わるまで扉の前で待つように教えられ、あらゆる場所でなるべく自分が一番下っ端だという心持ちで過ごすように努めました。初めについた「失礼で常識のない奴」という悪評はしばらくの間消えることはありませんでしたが、それでも長い時間をかけて徐々に私を見る周りの空気が優しくなっていったのを感じていました。

いわゆる体育会系的な常識のかたちを最低限知ろうと思えたことで、結果的に自分自身を助けてあげることができたような気がしています。

だけれど、ここで大切なのは、その場所の常識に合わせて自分の思考を塗り替えることではなく、「普通に考えて失礼な奴」と思われた自分を、周りからの意見のまま否定することなくちゃんと見つめてあげることなのだと思います。

なぜなら、相手に対する思いやりの形に実際のところ正解はなく、例えばこの業界ではたまたま「相手が取り込み中に見えてもなお挨拶をしっかりすること」が正解だっただけで、私が選んだ「邪魔にならぬように遠慮しよう」という気持ちも自分の頭で考えて出した思いやりの形であることは間違いないのです。ただ、人によって育ってきた環境が違い、「普通」のあり方も礼儀のあり方も異なります。なので、私は「自分の考える思いやり／礼儀／常識」それぞれはそのまま頭の中に残しておいて、場所や状況によって新たな選択肢を増やすということを心がけました。自分が置かれた場所に自分の持つ「普通」と違う「普通」が流れている時、そこに適した「普通」をその都度探せばいいのです。

自分にとっての「普通」と、社会においての「普通」が異なる場合、様々な場所で生き辛いと感じることがあるかもしれませんが、仮に自分にとっての「普通」を社会の基準に合わせてしまったとしたら、その「普通」のせいで苦しむことになったとき、何を恨んでいいのかわからなくなってしまいます。また、自分がどんな人間だったのか、わからなくなる恐れもあるでしょう。

人はみんな、それぞれ固有の「普通」を生きる権利が必ずあります。だけれど、社会に出て人と関わろうとするときには、その「普通」では誰かを傷つけたり不愉快な思いをさせてしまうこともあるのだということを、大人になってから知りました。

自分の大事にするべき「普通」と、人と関わる上で持ち出すべきもうひとつの「普通」を、うまく使いこなしながら生きていきたいと今では思っています。

超マイナス・ヒーロー

この本を読んでいるあなたはおそらく、自分のいわゆる「プラス要素」よりも「マイナス要素」のことをよく考えてしまうタイプの人間だと思います。

何がマイナス要素で何がプラス要素か——という分類には、世間においてなんとなくの潮流があるように見えるとはいえ、実際のところはそれを明確に決定づけるものなどなく、自分自身が己をどう見つめているか、というところにしか拠りません。それでもなお自分のことを好きなところと嫌いなところ、そして他人から見てプラスに見えるところとマイナスに見えるところ、でついつい分類してしまうのが自分に自信のない人間の性《さが》というものです。

かくいう私も、かつては自分のマイナス要素ばかりを気にしてしまう人間でした。ＡＶ女優をはじめ様々な活動を通して色々な価値観の人と出会い、だんだんと憶測に過ぎなかった「良いだけの要素、悪いだけの要素というのはそもそも無く、見方によってそれぞれの価値は変動するのではないか」という考えが実際にもまんざら的外れというわけではないのだということを知り、それなりに肩の力を抜いて自分のマイナス要素と向き合うことができるようになりましたが、元々はひどいものでした。

AV女優としてデビューするということは——他のどんなタレント業でも多かれ少なかれ同じ目に晒されることだとは思いますが——自分の価値を、ある一点の視点から見て測られる、もっと嫌な言い方を敢えてするのなら「私という存在に値段をつけられる」という側面がありました。それは、かなり下準備をしてから業界の扉を叩いた私でさえ、覚悟せざるを得ない事実でした。

この容姿だとどれくらいの人が興味を持つだろう、顔立ちは、体格は、バストは、ウエストは、ヒップは……また、容姿やそこからくる印象だけでなく、実際の経験の中から「売り文句になりそうな要素」がそれぞれどれだけのインパクトで存在しているか、というのも大切な要素でした。喩えるなら、元芸能人だったり、現役でナースやCAをしているなど、AVの要素として興奮をかきたてやすい肩書きがあるとポイントが高いです。また、私の場合は男性経験がないことや高校時代に生徒会の副会長をしていたこと、そういった真面目そうに見える要素がメーカーに受け入れられ、デビュー作の雰囲気や全体像を形作っていったのだろうな、と考えられます。

デビューする前は単純に、もっと派手に美しい顔立ちだったり、グラマラスな体型でなければ埋もれてしまうだろうな、という容姿についてのコンプレックス――ここでいうとマイナス要素――を気にしていたり、男性経験がないことが一部の人たちにとってはプラス要素になり得るということさえ予想ができずに、きっとAVという世界においての自分の価値はそうとう低めに見積もられることだろう、という覚悟をしていたのですが、実際にAV女優として査定されてみると、自分でも気づかぬところにセールスポイントを見つけてもらうという不思議な体験になったのでした。

もちろん、人間の価値は一点から見て測れるものではなく、私自身にももっと目に見えない、この業界においてはAVの売り上げに直結することのないわかりにくい魅力がたくさん隠れているということを意識して忘れないようにしなくてはいけません。

しかし、今まで持たなかったエロという視点をむしろメインとする業界に足を踏み入れたことによって、業界が変われば需要も変わる、それによって人間は多角的に魅力を発見していける仕組みなんだな、と、とてもポジティブな気持ちにもなったのです。

たとえばコミュニケーションにおいて、男性経験がないということはマイナス要素でしかないと思って生きていました。もちろん、業界に入ってから知った「処女が好き」という種類の性的嗜好の人たちがいるということも、マイナス要素に価値を見出すこと——マイナスからプラスへの転換ではあるとは思いますが、自分自身の個性ともいうべき人生経験を誰かに性的に消費されることだけに差し出してしまうのはいささか勿体無いことかもしれません。それを除いても、私には男性に対する潜在的な恐れと、そして好奇心があったということが独自の慎重なコミュニケーション方法に繋がったのだと思っています。

男性と親しく話した経験が少ないからこそ、なるべく丁寧に誤解なく伝えようと努力する。それは、コミュニケーションに自信がある人たちにとっては煩わしく映るものかもしれませんが、同じく自信のない人にとっては安心感をもたらすものかもしれません。誰かから見て自分はどういうふうに見えているだろう、という思考をすると、つい他者を一般論から画一化して「きっとこう見えているだろう」と安易に想像をしてしまいがちですが、その見え方は向き合う人の数だけ種類があると思って良いのだと思います。そのなかでもし一人でも、あなたのことが丁度良く見える人がいるかもしれない、と思うと、正しさの形も曖昧になり、あなたはあなた自身で大丈夫なのだという気がしてきませんか。

自分のマイナス要素を気にするあまりに出るコミュニケーションの癖のようなものは、使いようによってはあなた自身の個性にもなるのだと思います。

この仕事を男性経験なく始めたことによって、驚いたこと、困ったこと、傷ついたこと、色々なことがありましたが、最もよく覚えているのは、意外にも、嬉しかったことです。

仕事を始めて二年ほど経つ頃、ファンの方から頂いた手紙を読んでいた時のことです。その手紙には、差出人の方が、それまで女性経験がなかったけれど、そのことを誰にも言うことができずに生きてきたということ、その理由は私と同じ「結婚するほど好きになった人としか経験するべきでない」という考えに基づいたものだったこと、そして、そういう自分を抱えた中で私のデビュー作と出会った時に救われたのだということが丁寧に書かれていました。きっと、同じＡＶデビューでも、経験が豊富だったり、純情な売り方をしていてもそこに無理が生じていたなら、そう捉えてもらえることはなかったのだと思います。私は、周りのみんなと同じように経験をしてくることがなかった自分の人生を、そしてそこに根付いた深いコンプレックスのようなものを、その時初めて「あってよかった」と思いました。自分の超マイナスだと思っていたところが、いる場所や人との関わり方を変えたことによって、誰かを救ったのでした。

ここまで大きな話でなくとも、みなさんの身近にある、例えば「人に舐められやすい」とか、「三枚目キャラとして扱われる」とか、「影が薄い」とか、「人といるのが好きじゃない」とか、色々な、いわゆる世間一般の価値観からしたらマイナスに思えるようなことも、全てその要素がプラスに光って見える視点を探してさえいけば、誰かにとっては素敵な要素になり得るのだということです。

舐められやすい人は、きっと対人関係において臆病な人にとっても話しかけるときに他の人よりもほんの少しだけハードルが低く、話しかけやすい存在に見えているかもしれません。コミュニティの中で強者といえる人からは馬鹿にされる要素を持っていたとしても、弱者といえる人にとってはありがたい存在かもしれません。立場の弱い人にとっての救いになることは、誰にも馬鹿にされないということよりもずっとかっこいいことかもしれません。

三枚目キャラとして扱われることが多い人は、親しみやすいという愛情の裏返しかもしれません。私自身、美人すぎる女優さんたちよりはかなり親しみやすいという容姿で好きになってくれた人も多く、実際のところ、誰もが容姿やスペックにおいて「より高ければ良い」と望んでいるわけではないのかもしれないと思わされます。親しみやすいという理由で人と交わすコミュニケーションの中に、あなたの人生を幸せにしてくれる要素も含まれているかもしれません。もちろん、私自身はそれを嬉しく思う反面、「私のことを一番可愛いｏｒきれいと思ってくれる人がいたらそれが一番嬉しいな」と最低限のプライドを持ったままではいるのですが。

影が薄い人も、人によってはとてもすてきな特徴です。あなたの知り合いや知っている有名人の中で、「あの人は印象がとても強いな」と思う人を何人かあげてみてください。その人たちが一度に同じコミュニティにいたとしたら、どうでしょうか。それはそれで、長く居続けると疲れてしまうような場所になるかもしれません。ついつい世の中は目立つ人の方が優先される、得をする、と思ってしまいがちですが、目立たないあなただからこそ、そんなあなたの行動や存在をちゃんと見ていてくれる人がいた時、その人はきっととても細やかな感性を持った人であると言えるでしょう。見つけづらいあなただからこそ起こる、あなたのためのささやかな幸福が待っているのかもしれません。

そして、「人といるのが好きじゃない」あなた。私も同じです。人生において、自分が幸せに生きる方法を探る時、あらゆるパターンを知ってから自分にとって最適な方法をあぶり出すやり方と、なるべくカンを鋭くして自分に向いていることだけと慎重に向き合っていくやり方と、二種類があると思っています。誰のことでも好きになれるという人は、そうやってたくさんの人と関わりあううちに、いつか自分が本当に好きになれるのはどういう人なのかを知るでしょう。しかし、初めから他人をシャットアウトしているあなたは、その壁を超えてくる人、またはこの壁を自ら壊しても良いと思える人に出会えた時、きっとすぐに気がつくことができるでしょう。余計な手数を踏まない、という人生の向き合い方も、きっとあるのだと思っています。

大切なのは、マイナスをプラスに一瞬で変換する魔法を探すことではなく、自分の足で、あるいは頭の中を意識して思考という歩みを進ませて、プラスに光る地点が見つかるまで丁寧にそのマイナス要素を見つめることなのだと思います。見つめながら、ゆっくりと視点をずらし、ぐるりと一周するうちに、きっと見つかるはずです。そして、一か所でもそのマイナス要素がプラス要素になる地点があるのだと知ることができたあなたなら、少しだけ余裕を持って生きることができる気がするのです。

無駄にモテなくていい

「モテたい」と思うことはありますか？　思うことがあるとしたら、それはどんな時ですか？

私たちは、少女漫画や少年漫画を読んで育ち、教室で友達と恋バナをし、月9のラブストーリーや深夜の恋愛バラエティーを見て眠り、大人になってきました（私の場合は恋バナをすることも恋愛系のテレビを見ることもほとんどありませんでしたが……。してみたかったな）。そういった中で、ごく当たり前に自分や他人がモテているか、モテていないかということを意識する瞬間があったと思います。それは、好きな人ができた時に友達も同じ人のことを好きだとわかった時や、クラスで一番可愛いｏｒかっこいい人は誰だという話題で盛り上がった時など、さまざまです。思春期において、あるいは大人になってからでも、「モテる」ことは素晴らしく見えることが多いでしょう。反対に、複数の異性から好かれることがなかった人たちは、しばしば自らを「非モテ」と言って揶揄したりもします。ファッション誌では「モテ」を目的とした特集が組まれ、女の子も男の子も、髪型や服、もっと追求する人なら行動や仕草まで、「どうすればモテるか」を意識して選び取ることもあります。そういった流れの中で生きていると、モテるということがいかにも人生のうちで重要な何かのように思えてきてしまうこともあるのではないでしょうか。

私はというと、「モテる」ことが苦手というか、そのこと自体にどことなく恐怖心や罪悪感のようなものがあります。「モテる」ことは、いい側面だけを見れば「たくさんの人に好かれるほど魅力的」「パートナーとしての異性を選びたい放題」「お金持ちor美人と付き合えるかも」といったようなたくさんのメリットがあるように見えますが、もう少しだけよく考えてみると、それはいいことばかりではないのだということが見えてきます。

「モテる＝複数の異性から好かれる」ことは、それだけ多くの人の恋愛感情を奪うことでもあります。たとえば私はいつも、自分が付き合っていずれ結婚するという選択をするわけではない人から好きになってもらった時、「この人と付き合うわけじゃないのに無駄に心を奪うようなことをしてしまったのか」と、少し申し訳ない気持ちになります。それと同じで、複数の人からの視線を集めることは、結局は一人しか選べないのにもかかわらず、無意識に複数の人の恋愛感情を弄んでいるとも考えることができてしまうのです。もちろん、悪気なくモテてしまっている場合は好かれてしまった方にも好きになってしまった方にもなんの罪もないと思うのですが、自分がパートナーとして選ぶ気のない人からもモテたい、と思うこと——複数の異性から好かれているということをステイタス的に捉えているようなパターンの「モテ」を目にするときは、私はそれって結構ひどいことだよな、と思ってしまったりもするのです。

人生には結局、選択肢はそう多くありません。ひとりで生きていくか、誰かと一緒に生きていくか、ざっくり言うとその二種類です。誰かと生きていく場合、それは恋人であったり、親や兄弟と支え合う形であったり、友人同士で協力し合う形であったりと様々ですが、自分の人生に深く関わる大事な人、というのはそう多くはいないと思います。私たちは自分がほんとうに愛せる人を、自分の経験やそこで培われてきた好みから見つけ出して選ぶのですから。

そういったことを思う時、とてもシンプルに、「モテ」は無駄かもしれないな、と思う自分がいます。もちろん、モテることによってたくさんの人と関わり合い、「いろいろな人がいる」というのを知識や経験として得ることは決して無意味ではありませんが、私から言わせてしまえば、こちらから本当に好きになることができる相手以外の人にちやほやされることにたくさんの時間を費やすくらいなら、そのぶんを自分の生き方を考えることや好きな友達と過ごすこと、映画や本を読むことでもっと質のいい「他者の考え方」を仕入れることなど、もっと意味の濃い使い方をしたいと思ってしまいます。

モテる人のことが羨ましく感じられるのは、その人が多くの人に好かれるわかりやすい魅力を備えていることが多いからでもあると思います。わかりやすい魅力というのは、容姿が整っているとか、髪型や服装が異性にとって魅力的に感じられるものであるとか、そういった「深く考えなくてもわかる良さ」によって醸し出されるものです。たくさんの人に好かれるというのは、そのうちに「深く考えずに好きになっている」人が多く含まれることも多いのです。それは、私が今AV女優という人気を競う職業についていてもひしひしと感じることです。茶髪のロングヘアにして花柄のワンピースを着た方がもっとたくさんのファンがつくよ、と事務所の人に言われても、その行動が同時に「たくさんの人にとっての理想の最大公約数」としての女性像を演じることだとわかってしまう私は、その道よりも自分らしくいたいと願うようになりました。山ほどのファンがつかなくてもいいから、私が自分らしく生きている姿を好きになってくれる人が少数でもいてくれたならいいと思うのです。その気持ちは今でも変わりません。

もちろん、誰が見ても魅力的に見えるであろう容姿や服装をしている女の子のことが羨ましいと思う時もあります。それでも、たとえそういった外見をして多くの男性を引きつけようとしたところで、私が抱えている私という人間の中身は変わらないのです。それならば、なるべく無駄にモテようと思わずに、はじめから無駄のないかたち——自分の中身や個性まで好きになってくれる素質のある人たちだけ引きつけようとすること——をとることの方がずっと生き方として好きだなと思えるのでした。

たくさんの異性に好かれることがないという人生が、本来ごく普通で自然なものなのではないでしょうか。私自身それでいいと思っていますし、これからも、もちろんＡＶ女優として活動していく上で多くの人に好感を持ってもらうことは大切なお仕事のうちではありますが、それを超えてプライベートでモテたいとか、街でナンパされたいとか、そういったことを思うことは全くありません。それは、私が「大事なものだけを大事にしたい」という気持ちで生きているからで、自分自身とその身の回りを支えてくれているごく近しい人たち、そして私の活動をとてもあたたかい目で見てくれている人たちの間だけでひとつの世界が完成しているからでもあります。

本来、人ひとりの価値というのは、自分のことをよく知らないはずの複数の他者によって容姿やスタイルや仕草やフォロワー数などのわかりやすい指標で決められるべきものではなく、もっとあなたのわかりやすくない部分、あなたにしかないような箇所や繊細さ、考え方の癖や日々の行動によって、それらをちゃんと見ている身近なごく少数の人々によって愛と情けをたっぷり含んで下されるものです。

もしそれでもあなたが「モテたい」と思うのであれば、表面上のことだけを捉えた薄っぺらな「モテ」ではなく、あなたがあなたのことを心から大事に思えるような深い深い「自分モテ」を目指して欲しいなと思います。

そして、本当にもらう価値のある深い愛情というのは、あなたがあなた自身をしっかり面倒みて、大切に育てていった先にあるものです。そういうふうにして育てていったすてきなあなたがいつか出会う無駄のない愛は、もしかするとどんなにたくさんの異性にモテている人でも届かない場所にあるものかもしれません。

愛と憎しみとナチュラルハイ

私がＡＶの仕事をしていて今までで一番大変だった撮影の話をします。

私は普段、ソフト・オン・デマンドというＡＶメーカー内のＳＯＤｓｔａｒというグループメーカーと専属契約をしていて、月に一本作品を撮影しています。毎月作品の企画が変わるので撮影の大変さも月ごとに多少変動するものの、おおよそで見ればそこまで撮影にかかる労力に大差はありません。しかし、ある時ソフト・オン・デマンド内の別のメーカーからコラボレーション企画のオファーが来たことからその平和は決壊しました。

メーカー名は「ナチュラルハイ」。脳みそに羽が生えているマークと、「過激」とゴシック体で書かれた赤いロゴが特徴的な、大人気のメーカーです。ナチュラルハイはほぼ毎年ＳＯＤｓｔａｒとコラボレーション作品を発売していて、そのどれもが人気女優さんを起用し、「専属女優の子がこんなに激しい作品に出るなんて！」という驚きと興奮を提供することで多くのユーザーさんからの支持を集めていました。

お話をいただいた時、「人気の女優さんにしか機会がやってこないという噂の企画でお声がけいただけるなんて、ぜひともやりたい！」という貪欲な気持ちと同時に、不安が胸に立ち込めます。過去この企画に挑戦した女優さんたちはみんなトラウマをつくってきたらしい……という噂をプロデューサーさんから聞いてしまったのです。

結局、ＡＶファンの友達に一番好きなメーカーを訊ねたところ、ナチュラルハイ！と答えていたのを思い出し、出演依頼を引き受けることにしました。その子は女の子なのですがかなりのＡＶファンで、「まこりんはナチュラルハイとかは出ないの？」と屈託のない笑顔で訊ねてきたこともありました。最悪トラウマになったとしても、出来上がったＤＶＤをこの子にプレゼントすればネタのひとつにでもなるだろう、と思うと幾分気持ちが軽やかになるものです。しかし、なによりも私は自分自身の忍耐強さを見誤っていたのでした。

通常の撮影は、朝早くに始まってから大体夜二三時くらいには終わります。進行の度合いや撮れ高から、予定より早く撮影を切り上げたり融通を利かせたりしてもらえることもしばしばです。あくまで私の目線からですが、この業界は出演者にかかるリスクが大きいぶん、撮影現場でなるべく嫌な思いをさせないようにしよう、とよく考えられて現場が作られていることが多いと感じます。そのため、普段はあまり撮影現場で気分が沈んだり、もう頑張れないという気持ちになったりすることはありません。それを私は自分が忍耐強いからなのだと思い込んでいました。

ナチュラルハイの監督は、数々のメガヒット作を輩出してきただけのオーラを感じさせる人でした。端整でどこか冷たく見えるルックスの男性で、挨拶は朗らかなものの、カメラを真剣に見つめる眼差しは今まで私が現場で出会ってきた人たちのようないい意味での「ゆるさ」が全く感じられず、鋭く光る獣のようでした。それに反するかのように、集められたエキストラの人たちはどこか落ち着かない空気を醸し出していて、普段の大人数の出演者がいる現場で出会うような「あくまで仕事をしに来ています」というきっちりした雰囲気が感じられません。シャワーに行く途中でエキストラの人たちがいる場所を通りかかっても、緊張感はなく、通過する私をじろじろと見つめてきます。いろいろなことが普段と違って不気味に見え、この現場はどうなるんだろう……という不安を感じていました。

その懸念は的中し、冷たく鋭い瞳の監督は、画面の中の世界が自分の望んでいるものと少しでも異なってしまうたびに、何度でも撮り直しを命じました。エキストラの人が少し早く動いたり、私が監督の思った通りのタイミングでセリフを発さなかったり、プレイの見せ方が思ったものと違ったり、カメラの角度が違ったり……監督の目に入るたくさんの「違い」を、ひとつひとつやり直して作った完璧なシーンを繋いでいく作業です。なるほど、時間をかけ監督がこんなに集中して、理想的な作品世界を作り込んでいるからこそ彼の作品は人気なのだな、と納得させられる一方、ＡＶは身体を使う仕事なので、演者にとっては体力勝負でもあります。プレイの中には、一日のうちにそう何回も繰り返したら身体の一部を痛めるようなものもあるため、監督の冷徹な「やり直し」が響くごとに、私はこっそり青ざめていました。

自分の身体がだんだんとぼろぼろになっていくのを感じながら、それでも覚悟はしていたのだと自分に言い聞かせて耐える、そんなことを繰り返しているうちに午前零時をとっくに過ぎ、普段とは比べ物にならないほどの長丁場の撮影は続いていきました。

撮影内容はいわゆる痴漢ものだったのですが、あのどことなく空気感のゆるい——悪い言い方をすると、素人っぽさのあるエキストラのみなさんも、きっと計算して集められた人たちだったのでしょう。普段の統制のとれたエキストラの方々とは違い、言われていないことを勝手にしてしまったり、触るように指示がなかった部分を勝手に触ってきたり、やたらと前に出たがったりと、思うままになりません。しかしいざ撮影された映像を見てみると、彼らの落ち着きのない様子は画面の中で圧倒的なリアリティを作り上げるために作用していました。徹底されたカメラワークとカット割り、そして実際に痴漢に興味を持ちそうに見える落ち着きのないエキストラ……。こうしてリアリティのある映像は作られるのだな、という納得に、己が大変な思いをしていることはさておき感動してしまう自分もいます。

決定的にトラウマのようになってしまったのは、翌日の撮影でした。ずっとこの調子で細かくやり直しを繰り返し、エキストラの人たちにはじろじろといやらしい目つきで見られ、身体も精神も疲弊しきった頃、ほとんど最後のシーンとしてカメラが回っている途中、事前の打ち合わせでの誤解があり、私が想定していたのと違う行為が行われたのです。私は想定外のことにびっくりしてしまい、反射的に泣き出してしまいました。自分でも泣いてしまったことに驚きましたが、これがこのひとつの行為からくる涙ではなく、蓄積したストレスが爆発したことによる涙だということにもすぐに気がつきました。あとから話して誤解がとけ、誰も悪くないという結果になったのですが、撮影現場でこんなに泣いてしまったのは初めてだったので、今でもそのことをよく覚えています。

ＡＶ女優という職業柄、現役を長く続けていくとどうしてもだんだん大変に見える内容もこなさなければならなくなっていきます。そういった不安をいつも抱えている中で、実際に大変な現場に出合い、「これから先どんどんこんな風に大変なことばかりになっていくのかな」という抑えていた絶望感が急に心を埋め尽くしてしまったのも、涙の理由にふくまれていたのだと今では思います。

さて、こうしてなんとか撮り終えはしたものの、すっかりトラウマになってしまったナチュラルハイ。しかしここで、「この作品は辛かったのでもう思い出したくない」となってしまうのは私の信念に反することです。発売時期が近づき、私は燃えていました。「あんなに大変だったんだから、一枚でも多く売らないと気が済まない！」という意志が、胸の中でメラメラと燃え上がっていたのです。私はすぐにメーカーに交渉し、時間も労力も割くので、なるべくたくさん販売促進のためのキャンペーンやイベントを開催してほしい、と頼みました。私とナチュラルハイのイベント担当のみなさんは、一緒に全国五か所を回って販売促進のためのサイン会をすることになりました。

やりがい、という言葉は恐ろしい側面も孕んでいると思っています。仕事をするうえで、苦しいとか辛いとか、この給料では割に合わないとか思うとき、その疑念を打ち消すための魔法として「それでも、この仕事にはやりがいがある」という発想の転換が都合よく使われることも社会では多いのでしょう。私自身そう思うことで乗り切れる大変なこともあるだろうな、と思ってはいるのですが、AV女優をするうえで大変な仕事に向き合おうとするとき、やりがいとは別の魔法を自分にかけている気がします。

それは、ＡＶ女優という仕事が「出演した時点で何か大きなものを失う」という特性を持っている仕事であるがゆえに編み出された魔法です。リスクの先払いをするような仕事だとわかっていながらこの世界に足を踏み入れたのは、その先で何か見たことのないものに辿り着きたいという気持ちや、普通に生きていたら掴みとれない何かを掴みたい、という気持ちが少なからずあったからなのだとも思っています。私は、この仕事で失う何かのぶん、この仕事の向こうでちゃんと何かを得よう、という気持ちでいることで、苦しみとなるべく爽やかに向き合おうと試みているのでした。

このときの場合もまさにそうで、大変だったぶん何かプラスに転換しようとするのが私の生き方です。私が撮影現場で泣いてしまったことを聞かされていたナチュラルハイのイベント担当者さんは、挨拶してすぐに謝ってくれましたが、私にとってもはやそんなことはどうでもよく、その涙のぶん楽しいことや嬉しいことで上書きしてしまおうという気持ちで聞いていました。普段、なかなかひと月のうちに五か所も都市を回ることがない私はわくわくしていました。

普段イベントに遊びに来てくれるファンのみなさんも、まるでバンドの全国ツアーかのようなテンションで、いろいろな都市で様々な人たちと会えたり、どこの都市にでも来てしまう人がいたりと、賑やかに過ごさせてくれました。「過激」という看板を背負ってあんなに激しい作品をつくっているメーカーにもかかわらず、イベント担当者さんはとても優しく、ファンのみなさんともすぐに打ち解けて冗談を言い合っている様子を見て、私はこの五都市ツアーが終わってしまうのを寂しく思っていました。苦しい撮影を超えて、今一枚でも多くDVDを売ろうと頑張っている。その途中で、まるで担当者さんとファンの人たちと、旅をしているような気持ちで過ごしている。それは苦しみが「良い思い出」に変わってしまうには丁度いい長さの、心地のよい時間でした。

最後にはすっかり仲良くなってしまったイベント担当者さんと、満面の笑みで手を振り合いながら「またコラボしたいですね！」とまで言い合っていましたが、冷静になって青ざめました。すっかり撮影まで楽しかったみたいなテンションになってるけど、もう一度撮るのは嫌だ……。そんな複雑な感情を夜空に浮かべながら帰り道を辿りました。

基本的には平和主義で、なるべく気持ちに嫌な波風が立たないといいな、と望みながら生きている私ですが、こうしてたまに辛いことがあったり、それをバネにして辛さを取り返そうとやっきになって今を楽しもうとしたりすると、自然とそれはメリハリのようなものになって、人生に程よい混沌を生み出します。傷つくことのない暮らしにいつか辿り着きたいと願うこともありますが、たまに生まれるこの感情の矛盾のような、歪みのようなものが人生というものを味わい深くするスパイスなのかもしれません。

ナチュラルハイが大好きな友達にＤＶＤをプレゼントし、ことの顚末を話したらたくさん笑ってもらえたのも良い思い出です。私を憐れみながらも、過激なＡＶは楽しむ、という彼女の矛盾もまた、今では素敵なスパイスに思えます。

優しくて可愛い人ほど舐められる

思い返せば私の人生は舐められてばかりだったような気がしています。昔から身長は低く、童顔で、人に嫌われたり怒られたりすることを恐れるあまり自分から他人に怒ったり文句を言うことはほとんどないので、端的に言うと舐められやすいのだと思います。

テストで良い点を取ったら「意外に頭いいんだね」と謎の感想を言われ、理不尽に対して真面目に反論すれば「黙っていれば素直そうなのに」と言われ、大人っぽい格好をしようとすると笑われる、そんなことがあまりに日常的にあるせいで、私はすっかり自分が常に誰かに見下されやすいタイプの人間だと自覚するようになりました。

そもそもテレビでのバラエティ番組で容姿いじりや先輩が後輩をいじるような笑いがあったり、そういった価値観を日常にも引きずっている人があまりに多いという現実から、私たちの暮らしているこの文化圏自体が見かけや背格好や年齢など表面上の情報から相手を「いじっていい相手か／いじってはいけない相手か」を判断してしまいがちなのだと思います。学校や会社など、上下関係がある場所にいる人たちも、立場が上の人たちからの〝コミュニケーション〟という皮を被ったいじりに対して人知れず我慢を強いられていることも多いと思います。

私自身、容姿、特に顔立ちや体型や肌の色など、自分自身では大きく変えようのない部分からその人の人柄や性格を勝手に推測して思い込むことはあまり正しい行為ではないと思っているのですが、実際に生きていると、そういったことを当たり前にする人があまりに多いのが現状です。ＡＶというコンテンツ自体も、童顔で地味な顔立ちの子はエッチに対して奥手でウブであってほしい、とか、ギャルの子は自分からがつがつ来るタイプであってほしい、とかいうまさに〝容姿から推測されるままの性格〟を求められることが当たり前なのですが、これはＡＶというコンテンツが男性の理想を叶える、そしてそれがなるべく端的にわかりやすく示されていることが重要視されるものだからであって、これと同じようなことが日常的に起こりうるのはよく考えるとすこし変なことかもしれない、と思います。

私の両親もそうなのですが、無意識に容姿で人を判断する癖がついてしまっている大人はたくさんいます。例えば私がお母さんの知らないお友達と一緒に帰っているところを目撃されたあとには、「あの子は目つきが悪くて意地悪そうだから付き合うのをやめなさい」と言われたこともありました。これは極端な例に思えるかもしれませんが、タレ目だったら優しそう、とか、色白だったらか弱そう、とか、背が低かったら女の子らしい、とか、ガタイが良かったら頼りになりそう、とか、そういった一見ポジティブに見える「印象」というものも、本質的にはこのお母さんの発言と同じ、相手のことを深く知る前に容姿から相手の性格を勝手に判断している行為なのだと思います。

私が今までで一番こういった「容姿から相手を判断する」という行為に対して腹が立ったのはAVデビューをした直後の話で、当時は気になってチェックしていた電子掲示板で目にしてしまったとある書き込みでした。「肌も浅黒いし乳首もピンクじゃないからビッチに決まってる。処女はもっと色白でか弱くて乳首も使われていないからピンクのはずだ」との書き込みは、強い思い込みに自分の願望が入り混じってものすごいパワーを放って見え、私は愕然としました。生まれつきの肌やパーツの色素のことを、どうして私の生き方や性格と混同して捉えられなければいけないんだ……とやるせない気持ちになり、その気持ちは怒りに変わりました。そもそも掲示板に誹謗中傷を書き込むような人はその対象のことをより深く知ろうという気持ちもなく安易に利己的な気持ちで主張している人がほとんどだと思うのですが、そういう人たちを除いても、ソフトに「こういう容姿の子はこういう性格であってほしい」ということを望まれることは多く、それが目に見えないプレッシャーとして自分の中に降り積もり続けているという感覚があります。

「この人をいじってもいい」と判断される要素には、容姿だけでなく他人に対する態度も含まれます。自分の感情を抑えて他人に優しく、いざいじられたら相手の気持ちを慮《おもんぱか》って期待に応えるようにおどけてしまうような人や、本当は嫌だと思うことがあっても相手の顔色を窺って強く「やめて」と言えない、そういう人は悲しいことに、鈍感な人からは舐められてしまいやすいのだと思います。

これを読んでいる人の中にも、いじられても強く拒否できなかったり、空気を読んで笑ってごまかしてしまうけれど本当はすごく辛い、と感じている人もいると思いますが、それはあなたの優しさが浪費されているということなのだと私は思います。優しい人や、人として可愛らしい人ほど、立場の強い人や他人より優位に立ちたいタイプの人には見下されておもちゃにされる要員として消費されやすいのが現実です。そして、私はそういう「いじりコミュニケーション文化」に対して、やっぱり強い怒りを覚えざるを得ないのです。

私のサイン会やトークイベントなどに来てくれるお客さんの中にも、そういった「いじり」を受けている人が何人かいました。そのうちの一人の話を少ししようと思います。

その子が初めて私のイベントに来たのはデビューして半年が過ぎた頃のオフ会でした。三〇～五〇歳代くらいの男性が多い会場で、私と同じくらいの歳の、しかも爽やかで明るい雰囲気をしている男の子がいるのは珍しく、面倒なことに私には「同世代くらいの明るそうに見える男の子とはあまり話さないようにしなくては」という見えない意思が働いているため（第一章を参照）、うまく喋れるかな……とビビっていたものです。話してみると明るくて可愛らしく、差し出してくれたプレゼントもセンスが良かったりして、「きっとたくさんの人から好かれる子なんだろうな」と思いました。

時は経ち、その子はイベントに参加するごとに常連さんたちとどんどん打ち解けていきました。明るくて人当たりが良いので自然と人が集まってくるようで、しばらくは私も微笑ましく見ていたのですが、中にはその子に対していわゆる「いじり」というやり方でコミュニケーションをとる人もいました。その子の行動を笑ったり、その子が私とチェキを撮ったりしている時の様子をみんなで見たりと、一見ただ仲がいいから行われている行為のようにも見えるのですが、注意深く観察しているとその子の写真をふざけてたくさん撮ったり、それを仲間内で笑って楽しむ、というようなことも行われていて、「いくら仲良いといってもこれはさすがにやり過ぎだな」と思うことも増えてきました。

いじりの被害者であるその子自身も、やんわりとやめてほしい旨を伝えようとはしているものの、イベント会場の空気を乱すことを恐れてか、わかりやすく怒ったり被害を訴えたりはしませんでした。それがその子の優しさであり気遣いだったのだと思いますが、本当の優しさというのは時に、鈍感な人にはスルーされてしまいます。はっきりと否定をしないことに付け込まれるように、その子に対するいじりは続いていきました。

そういった状況に心を痛めながらも、決定的に注意するようなことは起こっていないため何も言えずにいたある日、イベントの終わりにその子が他のお客さんに帰り道をストーキングされるという事件が起こりました。後をつけていったのは、普段その子の写真や動画を撮って遊んでいたお客さんで、その時も電車の改札を越えてもずっと後ろをおもしろ半分でついて来て動画を撮るという行動をしていたそうです。その人はいつも見ているかぎり、少し度が過ぎたいじり方はするものの、それ自体その子のことをとても好きだからしてしまっている行動なのだろうな、と思える節があったので、きっとこの日、後をつけていったのもその子のことが好きだから、そしてきっと何をしても笑いとして許してくれるだろうから、という気持ちが強くあったからなのかもしれません。

しかし、それを聞いた時私はとてもショックでした。たまたま相手が気の置けない男の子だからこの事件を「犯罪」だと指摘する人はいませんでしたが、仮に女性が相手だったら大問題になっていますし、もちろん度が過ぎたいじりは本人が嫌がっているのだからひとつ間違えれば犯罪です。そういった行動が、相手に対して「きっと許してくれるだろう」という思い込みを持っていたせいで、悪気なく、無自覚に、ストーキングした本人にとってはあくまでコミュニケーションの一環として行われてしまったのです。

容姿や年齢や雰囲気が親しみやすく、さらに思いやりがあると、時にはこんなふうにどこまでも他人からの粗雑なコミュニケーションで嫌な思いもさせられてしまうのだと思うと、とても胸が痛く、私は絶対にそういうことを人にしないようにしよう、と誓うばかりでした。

舐められるというのは才能のひとつでもあると思いますし、こういったいじりを「それでも好意でやってくれているから」「本人にとっては仲良くしているつもりなんだ」と押し込めてしまうのも優しさゆえだとは思いますが、実際、優しい人ほど舐められてしまうのかもしれません。

私は服装や髪の色を強そうに着飾ったり、たまにちゃんと本音をこぼしてみることで自衛してはいますが、それでもなお舐められ続けているのが現状です。今日もヒョウ柄の服を「君みたいな子がそんな柄きても怖くないよ」と笑われながら、それでもいつか私の容姿のショボさから判断するような人ではなく、中身の方を見て認めてくれる人を心の底から求めています。そして、繰り返しますが何よりもコミュニケーションという皮を被ったいじりには憤りを覚えるのです。

優しさの周波数

優しさについて掘り下げたいと思います。

あなたは、誰かに「優しいね」と言われることはありますか？

私はこれを読んでくれているあなたのことを、この紙の中から直接覗くことはできませんが、たぶんあなたには優しさの才能があるのだと思います。

それは、あなたが周りに「優しい」と言われることがあるかどうか、またその回数の多さとは、あまり関係がありません。

これは持論ですが、優しさというものには実体はなく、その正体は実際のところ「想像力」だと思っています。

誰かに優しくしたいと願う時、そこに本当に必要なのは、なにか確かな能力でも、コミュニケーション力でも、運やタイミングでもありません。

「優しくしたい誰か」が何を求めているのか、ということを、なるべくきめ細やかに「想像」することを試みること、だと思うのです。

人が生きていく上では、自分以外の人間のために時間や労力を割かずともなんの問題もありません。それでも、人はどこかに、誰かに優しくしたい、という願望を秘めています。それが裏を返せば、誰かに優しくして自分も優しくし返されたい、という気持ちだったとしても、全然悪くないのだと思います。そもそも、あなたの心の中はあなただけのプライベートスペースなので、そのなかにどんな不純な感情があったとしても、他人に見られたくないものはあなたひとりの秘密ごとにしてしまえばいいのです。オモテから見れば、あなたは誰かに優しくしたいと望む人。私からもきっとそう見えます。それでいいのだと思います。


さて、そう望んでも、そうそううまく人に優しさを振りまくことができないのが私たちという少し面倒な人間たちの背負う性です。

私は元来、誰かに優しくしたい、それでなければ生きている意味がない、と思いつめているほどの極端な性格でしたが、そう望むだけで誰かに優しくできるほどこの世は自分向きにつくられていないのだと実感しています。

たとえば仕事場に入ったとき、何かの作業に熱中しているように見える人がいたとします。私の場合は「熱中している人の意識を削がないこと」が優しさだと考え、声をかけないようにそうっと自分の席に行くと思います。もし自分が逆の立場だったらきっと、そうしてもらえたほうが嬉しいと思いながら。しかしそののちに、熱中していた人は怒って「挨拶をしないなんて失礼なやつだ！」と言ってくることもあるのです。とても悲しいことですが、優しさというものは、人によってはそのまま「優しさ」として伝わらないこともあるのです。また、実際にどのような行動が相手にとって優しさになるのか、というのは、行動を取ったあとでないとわからないことがほとんどです。つまり価値観が同じ人どうしであるほど、お互いに優しくしあうことが容易だったりもします。

さて、ひとりぼっちの私たちは、ひとりぼっちであるがゆえ、周りの人たちみんなと価値観が合うことなんてそうそうありません。あなたは、どこか特別な繊細さを隠し持っているからこそ、ひとりぼっちであることを選んでいるのだと思います。

価値観が周りと合わない人ほど、優しさを誰かに差し出すときの難易度が高いものです。だけれど、あなただからこそわかるかもしれない優しさのやり方があることも、きっと確かなことなのです。

考えすぎてしまったり、繊細ゆえに臆病になってしまい、だれもが優しいと思える行動を取れない時、きっと優しいあなたは、「どうしてみんなみたいにできないんだろう」と思うかもしれません。だけれど、今あなたがやり逃した優しさは、そもそもあなたの担当分野ではなかったと割り切ってしまえばいいのだと思います。あなた以外の人ができることなら、無理にあなたの手柄にする必要もありません。そのかわりに、あなたはあなたにできる優しさを、その想像力をいっぱいに使ってゆっくりでも探し出していけばいいのです。

そして、想像力を働かせるということは、同時に誰かの優しさに気がつきやすくなるということでもあります。例えばさっきの話なら、自分が挨拶をされなかったとき、「挨拶をしないなんて失礼」という一般常識のほかに、「でももしかしたら、あえて声をかけないようにした理由があるのかもしれない」と考えてみると、もしかしたら一度隠れてしまった誰かの優しさを見つけ直せるかもしれません。

そして、忘れないでいてほしいのは、優しさはそもそも、優しい人にしか見つけることができない、ということです。優しさにはいろいろな段階があって、ものすごく奥の奥のほうまで相手のことを慮って発せられる優しさもあれば、相手の都合をなにも考えないで一方的に投げかけることが逆に爽やかな優しさとして相手に届いたりすることもあります。

人はそれぞれ価値観が異なるので、ありとあらゆる周波数の優しさをすべて見つけ出すには相当の訓練がきっと必要だけれど、あなたの周波数にあった優しさなら、ただ心持ちさえ丁寧であれば、いつでもきっと見つけることができるはずです。

優しさを見つけるたびに、それを見つけた自分自身の鏡のような優しさをちゃんと認知しながら、自分を肯定しながら生きてゆけば、いつのまにか世界の方に優しさを返せるようになっているのだと思います。

第三章

ツイッターやめたら元気になった

ＡＶ女優としてデビューする際に始めた宣伝広報用のツイッターを、デビューして三年経った頃にやめました。実際には私がツイッターアプリを消し、呟いたりリプライを見たりという行いをしなくなっただけで、アカウント自体はスタッフ運営の情報アカウントとして継続していますが、それだけでもツイッターを毎日眺めるという行為がほとんどなくなり、生活ががらりと変わりました。

思えば私はデビュー当初、ほとんどツイッター芸人と言っていいほどこのＳＮＳに頼りきっており、始めの頃は毎日全員にリプライを返したり、ツイキャス（ツイッターアカウントで行うライブ配信サービス）をたくさんしたりと、ツイッターによって存在感を必死でアピールしていました。メーカーから期待された大型新人と呼ばれる女の子たちよりも広報宣伝にかけてもらえる費用や機会が少ないことや、自分自身の容姿や魅力に自信がないことによる焦りも相まって、何かひとつでも多く自分を晒さなければ、一秒でも長くファンを増やすために行動し続けなければ、と躍起になっていたのです。

実際に結果はどんどんと実を結び、デビューイベントにたくさん人が集まったり、ブログ記事がツイッターで話題になってフォロワーが増えたり、そういった反響から専属契約の延長にも繋がったりと、当時はまさにツイッター様様状態でした。今でもツイッターは、私と同じように誰かに広報宣伝をあまりしてもらえないAV女優さんや地下アイドル・モデルさんたちの重要な広報ツールとなっており、仮に利用していくうえでストレスがあるとしても、手放す勇気はない、という方がたくさんいるのだと思います。

しかし、三年間続けたなかで、様々なことが変化していくのを感じました。時代の流れというものなのかもしれませんが、最も大きな変化は「フォロワー数」や「リツイート数」などが与える影響が大きくなりすぎたということのように思えます。そして、それは今の時代の持つ価値観というものも変えてしまったように見えるのです。

本来、ものや人の価値というのは数字では測れません。誰にもリツイートや

「いいね」をされなくても誰かにとっては何万いいねがついたツイートよりも価値がある言葉がありますし、何よりツイッターというのは一四〇字以内でインスタントに楽しめるということが特色のSNSなので、言葉にしても漫画にしても写真にしても、その魅力がより深いかどうかよりも、より簡単に楽しめるかどうかというところに価値観の重きが置かれます。その時点で、たくさんの人からいいねがつくものがイコール誰にとっても良質なものなのか、というと全くそうではなくなっているのです。それでも、ツイッター上で拡散された商品やお店は一時的に流行しますし、SNSを基盤にしたビジネスも多く、人にとっても社会にとっても「フォロワー数」や「いいね数」が無視できない価値観になりつつあります。世はまさに、インスタントコミュニケーション時代と言えるでしょう。

そんな時代の最中、私はそれでもどうしてもツイッターをやめたくなってしまい、すっぱりとやめてしまいました。たかがSNSをひとつやめるくらい、誰にとっても大したことではないと思うのですが、ツイッターをやめる理由をつらつらと綴ったブログは想像を超える速さで拡散され、投稿から二日目にアクセス数を確認したら五〇万人を超える人がその記事にアクセスしていました。フォロワー数やいいね数などの数字にとらわれずに生きていきたい、という気持ちで書いたものが莫大なアクセス数という数字を弾き出してしまったことにどことなく皮肉めいたものを感じながら、同時にそれほどまでにたくさんの人が反応せざるを得ないほど、今ツイッターをやめることや数字にとらわれずに生きようと決意することが珍しく、難しいことなのかもしれないと思わされました。私たちは、拡散、いいね、フォロー、そういった、二四時間お互いに承認し合い、時には罵り合う、この流れの速いＳＮＳ世界と、もっとうまく付き合っていくことはできないのでしょうか。

実際にすっぱりとツイッターをやめてみると、なんと身体が軽いことか。スマートフォンの画面を見る時間が大幅に減り、そのぶん寝つきが良くなり、朝もすっきりと起きられます。ひとつひとつの行動に、ＳＮＳ映えするかどうかの判断が付きまとうのが当たり前になっていた日常に、「誰に見せるためでもない自分だけのための行動」という、懐かしくて新しい価値観が加わります。少しツイッターから離れてしまった時にやってくる、「見ていない間に罵られてはいないだろうか」「質問など返事待ちのリプライを放置してはいないだろうか」「みんなの拡散するニュースに乗り遅れていないだろうか」といったような、禁断症状的な焦燥感も、アプリごと消してしまうと諦めがつき、あまり気になりません。何より、ＳＮＳ特有の「どんな時も誰かに見られている」といったような感覚がないことが、途端に私の暮らしを自由でほがらかなものへと変えてくれました。ツイッターをだらだらと眺める時間が減ったぶん、一日の時間も長く感じられます。頭の中が片付いたようなすっきりとした気持ちで日々を過ごせているのは、いつぶりでしょうか。

もちろん、ツイッターというお手軽にコミュニケーションを取れるツールをやめたことによって、私のことを忘れてしまう人や、どうでもよくなってしまう人もいるのではないかという不安に苛《さいな》まれることもあります。ツイッターで交わした楽しいやり取りや心温まる言葉の数々のことを思い出すと、少しだけ寂しくなったりもします。

それでも、やっぱり私という生き物自体、あまりにも流れの速い世界に浸かっていると疲れやすくなってしまう性質なのだと思います。

思い返せば、過去にも友人たちと繋がっていたツイッターアカウントを突然削除したことがありました。楽しさを差し引いても、誰かと常に繋がっている、という感覚自体が、私にとってはあまり馴染まないものなのかもしれません。

ＳＮＳは、ぼっち気味の私たちを、簡単に人々の関係性の中に連れていってくれる魔法のツールであり、それと同時に、自分のために時間を過ごすということの尊さを忘れさせてしまうツールでもあります。

「ひとりで過ごす時間の大切さ」をきちんと伝えるというのが、この本の持つ目的のひとつでもあります。ツイッターをやめてから再体験している「ひとりぼっち」の感覚も、大切に感じ取っていきたいと思います。

白でも黒でもないグレーのままで

生きていると、自分の意見を誰か他の人の意見によって徹底的に否定されることがあります。普段の生活の中でも、学校生活や社会人生活でも、家族との間ですら、自分の純粋な意見が認められることは多くありません。

たとえば私が高校で生徒会に入っていた時は、生徒会内部での話し合いはいつもAかB、相反する二つの意見のどちらかを支持して、お互いにどちらが正しいか話し合うという形をとっていました。私はというと、どちらの良いところも悪いところも理解した上で、その間の最善の策を探せたらいいと思っていたので、当然そういった話し合いの中では異質な存在として扱われていました。また、家族の中でさえ自分の意見を頭ごなしに否定されることも多く、それを避けるためにだんだんと自分の意見をはっきりと言わない性格になっていきました。

大人になって、人と意見でぶつかりにくい、ほとんど個人に決定権がある職業を選択したことや、一人暮らしを始めたこと、本当に理解し合えると思える人としか友達にならないことなどで、自分の意見を誰かに否定される機会は減りましたが、それでもインターネットを開いたり、テレビを見たりすると、誰かの意見が真正面から頭ごなしに否定されたり、AかBかどちらがより正しいかのマウントの取り合いが平然と行われているのを目にします。

本来、話し合いというのは、どんな内容であれその議題についてより良い答えを導き出すために行われるのだと思っています。そう考えると、AかBかのどちらかが正しくてもう一方は間違っている、ということを証明することは実は合理的ではなく、双方にきちんとした言い分やメリットがある限りは、AとBのその間、あるいは両方がなるべく納得できるように新しく組み合わせたりして創り出したりしたCという答えを探すことこそが本当に合理的なのだと思います。

話し合いの相手はいつも、敵などではなく、同じ社会で生きていく、いわば社会の中での同居人です。お互いの意見を精査し合うことは大事ですが、どちらかを捻り潰すことや、相手より優位に立とうとする気持ちが、より良い答えを導き出すことの妨害になっていては元も子もありません。しかし、今の世の中を見ていると、自分の意見と違っているものは徹底的に否定する、ということが当たり前にまかり通っているのを感じます。

本来、自分の都合で誰か他人の生き方や心を無理に捻じ曲げさせることは、決してあってはならないことだと私は考えています。もちろん、それが犯罪や事故など誰かを傷つけることに結びついている場合は他人の考えを捻じ曲げさせてまで何かを守らなければならないこともあると思いますが、そうでない場合は、人はひとりひとり、自分に関する決定権を自分自身で持っています。自分のほうが社会的に優位な立場だから、ということや、相手の意見に隙やアラがあるから、ということなど、どんな理由があったとしても、無理やり誰かを言い負かすということが、理性的な判断だとは思えません。

人には、動物と違い理性があります。そして、その理性は人を傷つけないためや、話し合いや意見のぶつかり合いの中でより良い答えを出すためにとても役立ちます。社会の中や、ＳＮＳの中では、より確かな言葉でより自信を持って大きな声で意見を言えた人こそが強い、という風潮がありますが、生徒会の話し合いでどちらの意見の良さも想像できるがゆえに黙してしまった私のように、よく考えてしまうがゆえ、あるいは、誰かを無為に傷つけたくないがために「強い立場」を獲得できないという人もこの本の読者の中にはいると思っています。

世の中には、本当に完璧な答えなどありません。人と人との関わり合いやその上での配慮については、学校では道徳の授業として教わることもありますが、そこで教えてもらった答えさえ、完璧ではないと思っています。

たとえば、電車の優先席ではおじいさんやおばあさんに席を譲ろう、という授業があったとして、「譲る」という答えが確実に正解であるのは授業の中だけです。実際には、席を譲られるとプライドを傷つけられたといって怒る人もいますし、一見元気そうに見えても体調が悪く、席に座りたい人だっているかもしれません。座るよりも電車のドア付近に立って外の景色を眺める方が好きな人もいるかもしれませんし、答えなんていうものは人の数だけあって当たり前のことなのだと思います。

そういう時にできるのはいつも「答えなどないのならば、自分にとって最も正しさに近いと思える行いとはなんだろうか」と真剣に考えること、そして後悔のないように行動すること、それだけです。同じく電車のシチュエーションだとして、「席を譲ろうとして怒られる可能性があるとしてもいいから、声をかけてみよう」と決意するのか、「自分も疲れているからこれ以上疲れを溜め込まないように今は温存させてもらおう」と座り続けるのか、「トラブルにならないようにさりげなく次の駅で降りるふりをして席を空けよう」と頭を使うのか、その人の性格や自分自身の中にある正しさの形によって、導き出せる最善の行いはいくらでもあります。もちろんここでいう「正しさ」というのは、人のためになる行いだけが正しいということでもなく、人によっては、他人と自分を同じくらい優先して自身の心や体がすり減るのを防ぐことを「正しさ」とすることもありますし、大事なのは、そういった無数にある正しさを、お互いに尊重し合えることなのだと思います。

そして、この考えは何も道徳の授業で例として出てくるような単純な話だけではなく、あくまで私たちが生きる日常のうえでも大事にしていくべきだと思っています。たとえば、恋人に浮気されていてもそれを認めながら生きていくことを選ぶ人もいるかもしれない。たとえば、親の理想を叶えるよりも自分の夢を追いかけて家を出ていく人もいるかもしれない。たとえば、会社の飲み会が辛くて嘘をついて休む人もいるかもしれない。世の中には、それぞれの人生において「絶対にそれが正しい」とは言い切れないけれど、たくさんの正しさと間違いのなかを右往左往して悩み抜いて、正しさでも間違いでもない、白でも黒でもない、その間の自分だけの濃さをしたグレーの答えというものを実行する人がたくさんいます。いえ、きっとほとんどの選択が、たとえ真っ白や真っ黒に見えたとしても、よく見てみるとその人オリジナルのグレーだったりするのかもしれません。

何かにつけて誰かを言い負かしてしまったり、言い負かされそうになってストレスを溜めてしまったり、面倒だからと折れてしまったりする世の中で、誰も自分以外の人の選んだグレーをばかにすることなく、自分の考える白や黒で無理やり塗りつぶすこともなく、大事にし合えたらいいのだろうな、と思います。

呪いをじわじわ乗り越える

私には不得意なことがいくつかはっきりとありますが、それをいじられたりしても、なんとなくへらへらしてしまい、怒るということがありません。見た目が弱そうなのも相まって、他人から「プライドが高い」と言われることは生きてきてほとんどありませんでした。

しかし、本当のところ、私の中には東京タワーより高く頑丈なプライドというものが眠っているのだと思います。

あまり人には話しませんが、私は、自分に「どうしてもできないこと」や「どうしても怖いもの」というのがあることを好みません。勉強や絵を描くことのように、人よりできていたけれど自分からやめてしまったことは除いて、生まれながらに不得意なことに対しては、なんというか、「いつの日か解かなくてはならない呪い」のようなものとして怨念を持っていたりもするのです。

たとえば、小さな頃クラスにピアノを習っている女の子がいたことが羨ましくてしかたなかったことをいつまでも根に持っていて、まとまったお小遣いがもらえる中学生になってから、そのお小遣いのぶんを減らしてレッスン料にしていいからピアノを習わせてとお願いしたことがあります。ずっと憧れていたピアノを、何年遅れをとってもいいから触ってみたかったのです。実際ピアノのセンスはあまりなく、手も小さいのでこれを追求していこうという気持ちにはなりませんでしたが、趣味程度に放課後ピアノを弾く時間は癒しになりました。

また、ホラーが苦手だったので逆にホラー漫画を大量に読んでみたり、ジェットコースターがどうしても怖かったので逆に落下中に安らかな顔をできるようになるまで何度も乗ってみたり、昆虫が怖いけれど家に入った虫を殺さずに生きて外に逃がそうと決意して実行してみたりと、生活の中で「これはできない！」と強く感じるものに出会うたびに、それを克服しようと躍起になっていました。

子供の頃に感じた苦手意識は、放っておくと根深く染みついてしまいそうで、怖かったのだと思います。

最近、大人になってからようやく克服できた呪縛がひとつありました。

それは、音痴という呪いでした。私の家族はお父さんとお姉ちゃんが歌がうまく、お母さんは私と同じようにいつも少し音をはずして歌います。そのせいで、見ていたアニメの主題歌やＣＭソングなどを家の中で口ずさんでいるとその度にお父さんかお姉ちゃんに「それ、なんのうた？」と半ば揶揄されるように笑われました。中学校での合唱コンクールの練習では、歌を歌うことが楽しくて、誰よりも大きな声で歌おうと張り切っていたのですが、音楽の先生は気まずそうな顔をしながら「あなたはもう少し控えた声で歌ってね」と言いました。きっと音がはずれているのに大きな声で歌っているから迷惑だったのだと思います。友達とカラオケに行けば「へただけど可愛いね」と気休め程度に言われました。歳を重ねるごとにだんだんと、自分に歌の才能がないということがはっきりとわかってしまい、その事実は自分自身のことをとても嫌いにさせました。歌う機会があるたびに、また惨めで恥ずかしい思いをするのかと構えるようになりました。音楽が好きで、聴くたびに、こんなふうに歌えたら楽しいだろうな、とわくわくしていたぶん、自分が歌を歌ったら笑われる、という事実がとても苦しかったのです。

大人になって、人前で歌う機会をなくすことでその苦しみからは逃れられました。まず、友人とカラオケには行かない。仕事関係の人たちと止むを得ず行くことになったとしても、タンバリンに徹してマイクは握らない。最悪歌わなければならなくなっても、氣志團の「One Night Carnival」とか、中村あゆみの「翼の折れたエンジェル」とか、なんというかノリで押し通せるような個性の強い曲を勢い任せで歌ってごまかす。本当は好きな歌を心を込めて歌ってみたいけれど、それで笑われるのなら、歌はやらない。そう思って逃げ続けました。

ＡＶ女優の仕事も近年では多様化していて、私のようにこうして文章を書いている人もいれば、音楽活動をしている人も多くいます。私も業界に入ってすぐの頃、事務所の人から歌の活動は興味あるかと訊かれ、間髪をいれずに「やりたくありません！」と答えました。しかし結果、流れで当時事務所内に出来上がったアイドルグループに加入することになってしまい、一年ほど歌とダンスを人前に出て披露することになりました。

そもそも歌だけでなくダンスも壊滅的に苦手で、こちらも体育の授業中に大勢の男子から指をさされて「戸田のダンスやべぇー！」と笑われたトラウマがあるので、なんというか、アイドル活動的な部分を応援してくれていたファンの皆さんには申し訳が立たないけれど、実際のところほんとうに辛かったのです。

リズム感がなく、手足も自由に動かない。少しでも音楽に合わせて踊ろうとすると、また誰かから笑われているんじゃないかという恐怖心が湧く。さらにはグループなので、自分がダメだと周りの人の足を引っ張ることになってしまう。何もかもが辛く、私の東京タワーより高いプライドはズタズタになりました。こんなふうに惨めにならないために、一所懸命こういう活動を避けてきたのに。

ライブが終わるたびにお客さんに対して「不完全でへたくそなものを見せてごめんなさい」と泣きながら約一年の時を過ごし（今思うとＡＶ女優の副業としてのアイドル活動にそんな完璧なものを求めている人は少なく、私の歌とダンスが下手なことで怒る人なんていなかったのだけれど、プライドが高いのでなんだか泣いてしまったのだった）、念願叶ってグループを卒業。それからはもう二度と歌ったり踊ったりなんて自分にできないことはしないと誓って活動を続けてきたものの、最近つい、ステージというものに戻ってしまったのでした。

それは、歌というものから逃げ続ける間、どこかで自分の中でそれが呪いのように染みつき、「私はできないことや怖いことを放置したまま逃げている」という意識が重くなってしまったことに気がついてしまったからでした。

本当は、私も音楽が好きで、歌に思いを乗せて自信を持ってみんなの前に立ってみたかった。その気持ちを、自分でちゃんと供養しようと思いました。


それまで私は、才能のないことはやりたくないと思っていたけれど、もう逆に、「私は歌が下手な自分が嫌なので、少しでもましになりたい」と口に出して言ってしまうことにしました。いちど弱点に素直になってみると、これまで天より高く感じていたハードルが、実は一段ずつの階段だったのだと気がつきます。

ボイストレーニングに通い、自分の弱点を明確にしていくと、だんだんと歌うことが本当に楽しくなってきました。

そうして何ヶ月か経ち、ボイトレの先生にも何度も「私は音痴ですか」「音痴じゃないよ」「下手な歌は恥ずかしいですか」「楽しく自信持って歌っていれば見る方も楽しいし恥ずかしくないよ」とメンヘラ彼女ばりに質問をし続け、ようやく幼き頃の「私は一生歌が下手で歌うことは恥ずかしいこと」と思い込んでいた気持ちが——呪いが解けていくように薄くなっていきました。

直前で緊張してしまわないように、後悔しないように練習をして、デビューして三年経ってからようやく、ステージの上で楽しいという気持ちを持ったまま、歌い（少しだけ踊り）、笑うことができました。それは、見ている人にとってはごく普通の、プロほど上手くはない、ただ楽しそうに歌っているだけの女の子に見えたかもしれませんが、私にとっては、自分の人生の中で積み上げてきた呪いと、そこから逃げようとするプライドの塔の両方に打ち勝って、初めて歌というフィールドの中でまっさらな「楽しさ」を手に入れた、世紀の瞬間だったのでした。

このように、地道な努力や、プライドをすこし柔らかくしてみることで、自分のトラウマや苦手を好きになり直すことができるのです。もちろん、走るのが遅いとか、やっぱりお化け屋敷が怖いとか、ずっと放置している苦手なこともまだまだありますが、ひとまず、歌という「好きなのに逃げてしまっていたこと」と向き合えたことは、私にとって一皮むけるような、幸せで気持ちの良い経験でした。

男らしさって必要？

フェミニズムが叫ばれている昨今、女性の権利を見つめなおす流れが勢いを増しています。ネット上では議論が幾分か度を越して過激化してしまっていますが、こういった混乱は時代が変わっていく時に必ず起こるものだと思うので、どうか良い方向へ進みますよう願うばかりです。

女性が「女性らしさ」を押しつけられることからの解放を望む時、同時に、男性にとってもそれがいい流れになればいいと感じています。つまり、男の人も「男らしさ」を押し付けられることから自由になれたらいいな、と思うのです。

「らしさ」などというものは、あるようでないようなものだな、と思う時があります。私も「戸田真琴」として活動をしていくうえで、自分らしいことばかりが仕事になるわけではないので、たまには「自分らしい」と思えないことをすることだってあります。しかし、そんな時こそファンの方から「まこりんらしいね」と言って頂いたりするのです。それは決して悪いことではなく、私の考える「戸田真琴らしさ」と、ファンの方ひとりひとりの考える「戸田真琴らしさ」とがそれぞれ少しずつ違っているというだけのことです。その事実は「らしさ」というものがいかに曖昧なものであるのかを表しています。

さて、「男らしさ」問題ですが、あなたは一般的な「男らしさ」から自分が外れてしまった時、どう思いますか？

「男らしさ」とは一般的に、頼り甲斐のあること、弱々しく振る舞わないこと、よく働くことや家庭を持ってそれを支えること、そういった類の要素を含んでいるように思います。現代社会に当てはめて言うと、社会人として立派に働いて出世し、よく稼ぎ、適齢期になったら結婚をして奥さんや子供を養っていく——そういった流れが理想として掲げられているのでしょう。一見、そこには健康的な理想像があるようにも見えますが、私はこういった理想像のようなものに面した時、いつも素直に「そうだね！　それが素敵だね」と納得してしまえないところがあります。

理想という高尚なものが掲げられる時、私はいつだってその理想から零れ落ちてしまう何かのほうを、ちゃんと見なければいけないと思いながら生きてきたからです。

今の世の中は、理想から外れる人に手を差し伸べることよりも、少しでも弱みを見つけては叩いてこちらに這い上がって来られないようにしよう、という風潮があるように思います。しかし、どんな理想を描こうともそこから外れる人を貶《けな》す権利は誰にもありませんし、そもそも理想というもの自体が「らしさ」同様、描く人によって都合よく形を変える曖昧なものでもあります。結局のところ、たくさんの人たちがそれぞれの考えやバックボーンを持って生きている限り、共通の「らしさ」や理想をみんなが全うすることなどできないのです。

「男らしさ」を押しつけられることの弊害というものは必ずあって、一見良いことだけ言っているように見えることも、裏を返せば良くないことが隠れていたりもします。

まず、男性は女性よりも弱音を吐きにくい立場にいることが多いように感じます。悲しみや惨めな思いをした時の辛い気持ちをそのままの形で吐き出すとすると、涙を流すことや誰かに頼ることになると思うのですが、泣くことや誰かに頼ることは一般的に男らしいとはされていません。そのせいで、男性が男らしさを保ちながら苦痛を吐き出そうとする時、怒りという形に変えることが多いのでしょう。これは、ＳＮＳ上や仕事の上で様々な方と接していても、常々気がつかされる事実です。特に、年配の男性の中には、自分自身に非があることであっても、間違いを認めることや謝ることは一切せずに、逆に怒り狂うことで弱い立場になることを回避するという形をとる人が少なくありません。それ自体は、プライドという自分でも制御しきれない大きな弊害があってそのようになってしまうのだな、と理解することはできるのですが、できればこれを読んでいるあなたには、「弱い立場にもなれる」という強さを持っていてほしいなと思うのです。

本当の強さは、実のところ、柔軟なものなのだと思います。

ひとつの持論だけを極めて相手を言い負かすことも、声の大きさや威圧によって相手に意見をさせないことも、もちろん権力や暴力で相手に勝ろうとすることも、どれも本当の強さを持っていないからこそ頼ってしまう手法です。

そもそも強さというのは誰かと立場を比べた時に相対的にわかるものではな

く、自分自身の内にこそ煌めくものです。強さを測るバロメーターというのは、常に自分の中にしかなく、何かと比べるとしたら、過去の自分と比べる以外はないのです。

にもかかわらず、他人を打ち負かすことで自分の強さを測っているようでは、到底強さというものに対して本当に向き合っていることにはなりません。強さを誇示する人というのは、強くない人なのだと思います。

「男らしさ」を教育され、泣くことや弱音を吐くこと、自分よりも弱い立場になってものを考えるということさえ封じられてきた人たちがこの社会にはまだまだいて、そういった人が父であったり夫であったり上司であったりする人の中には複雑な思いを抱いている人も多いかと思います。それでもあえて言いたいのは、弱さや柔軟さを獲得せずに大人になってしまうよりは、みっともなくても、強く見えなくても、「男らしく」なくても、弱さやゆらぎを形を変えぬまま外に出すことができる人のほうが最終的には強いのだということです。

理想ばかりを追求する社会は、完璧を演じれば演じるほど、強さやプライドに固執すればするほど、日々蓄積するダメージは大きく、また、一歩でも道を踏み外した時の対処法も見つけにくくなっていきます。人間は誰しも失敗をしますし、そもそもか弱い生き物です。他人にも自分にも強さや完璧さを求めるやり方は、いつか破綻してしまいます。それならば、他人の弱さも自分の弱さも認め合って、素直な気持ちで補い合っていったほうが結果的に絶対に良い方向へ向かえるのだと思うのです。

例えば大事なお茶碗がひとつあるとして、ずっと使っていきたいのなら、ほんの少し欠けてしまう度にきちんと修理をしていった方が、長持ちするのは当たり前です。少しのヒビも放っておいたらそれがきっかけでいつかもっと大きな破損に繋がりますし、へたをすれば内部のダメージが積み重なってある日突然粉々になってしまったりもします。粉々になったものをいざ修理に出しても、元どおりには直らないこともあります。

長く元気でいるコツは、小さなことでもちゃんと「悲しみ」を「悲しみ」として、「苦痛」を「苦痛」として、自覚して清算すること。我慢という壁の中に閉じ込めて見ないふりをしたり、怒りとして発散して誤魔化していると、周りからもその感情の本当の姿——はじめはただの悲しみや苦しみだったということ——を見つけてもらえなくなり、いつしか自分自身も本当の自分の気持ちを見失ってしまいます。

もしもあなたが「男らしさ」といった価値観、つまりは「強くあるべき」「頼もしくあるべき」のような他人からの理想の押し付けに対し、自分自身の心と共鳴しないと判断するのであれば、そんなものは捨ててしまってもいいのだと思います。そして、あなたらしさを一からつくって、自分の中の理想の自分を追いかけていけばいいのです。そのなかで、自身の細やかな感情の機微をその都度掬《すく》い上げてやることがいつか本当の強さや頼もしさに繋がっていくということを、もっと長い目で見ていけたらいいのだと思います。そんなふうにしているうちに、いつの間にかどんな「男らしさ」を持った人よりもいい男になっている……なんていう日が来るかもしれません。

永遠が欲しい

私には悪い癖があります。それは、自分が良いことや良い人、良い関係性と出会うとき、それがなるべくずっと続いていけばいいと執拗に願ってしまうことです。つまるところ、私はいつも「永遠」が欲しいと願ってしまう癖があるのです。

たとえば仲良くなった友達とは、永遠にこの関係性が続いていくと勝手に思ってしまうし、誰かを好きになりそうになると、まず自分の心の中をなるべく淡々と解析して、「今この人を好きだとしても、これは永遠に続く感情なのだろうか?」という検証を行ってしまいます。その結果、今の「好き」という気持ちよりもそれが永遠には続かないという予感の方を優先して、「好き」をなかったことにしてしまうこともたくさんありました。

お洋服やアクセサリーや靴、身につけるものはいつも少しくらい値が張ってもいいから少なくとも一〇年後の私も気にいるような、自分の心からいいと思えるものしか買わないようにしてしまうし、言葉だっていつも、いつの時代も変わらない、何年前の自分でも何年後の自分でも同じことを言うだろうな、という言葉だけをなるべく選んでいたいと願いながら発信しています。

0か100か、一瞬か永遠か、そんな極端な判断ばかりをして生きています。

そういった極端な選択しかしないことで、ある意味自分自身の純度を変えないまま保ってこられたというメリットもありましたが、やっぱりこういう生き方は人にはなかなか勧められないな、と思うのも事実です。

それというのも、私のこの性質によって「なかったこと」にしてしまったものたちのほうが、本当は、大事なことだったんじゃないかと思う時があるからです。

まさにAVデビューするよりもっと前の、まだ巨大な失敗や挫折を経験したことのなかった頃の私は、自分が何一つ間違わずに生きていける人間だと過信しているところがありました。周りに悩める人がいても、その悩みに対して完璧な答えを提示すれば必ず救われるだろうと思っていましたし、人生のうちで壁にぶつかっても、乗り越えられない壁など絶対にないとどこかで思っていました。初めて本気で永遠を望んだ相手と本当にずっと一緒に生きていけるのだと信じきっていましたし、寝ている最中に自分の願望を夢で見てしまうと、それが自分の脳から身勝手につくられたものだと気づかずに、予知夢を見たのだと信じ込むことさえありました。自分が永遠に好きでいると信じた相手にふられてしまっても尚、この気持ちを永遠に保つことが自分にはできるのだと信じていました。そして、今書いたこんな極端なことは全部、やっぱり私の強い思い込みだったのです。

いろいろと挫折をし、ＡＶ女優という道で再出発をして、今までの自分の凝り固まった価値観は場所やルールが変わるとすべて無意味になるのだと知りました。道には道ごとに「最良」があって、それは今までの自分にとっての「最良」とは違ったりもします。そして、かつて自分が信じている正しさこそが誰にとっても正しいことであるとは限らないのです。たとえば世間一般的な価値観から見て、「ＡＶに出るなんて親不孝だ」とか「ＡＶに出たら人生取り返しがつかなくなる」と思われるとしても、ある女の子にとってＡＶは両親にも応援してもらっている大事なお仕事だったりもしますし、私にとっても、両親に快く思われているわけではありませんが、私自身が幸せに好きなことをして自由にやっているという点においては、大きな意味ではまったく親不孝なことだとは言い切れないのだと思います。ＡＶに出たことで人生を再出発して元いた場所よりも光を浴びることができる子だってたくさんいますし、何が幸せで何が不幸で、何が誇れることで何が非常識なことなのか、そういった正しさはそれぞれ異なり、また、出会いや経験、身の置き場所やこれから目指す希望によって、常に少しずつ変質していくのだと思います。

私にとっても、正しさや好みが変わったのだとわかるような出来事がたくさんありました。ずっと黒い服ばかり好んで着ていたのが、お仕事をしていく上でだんだん自信がついて、今ではピンクや白を着ることも好きだと思えるようになったこと。好きなタイプなんて想像もできなかったのが、周りの人たちやファンの人たちとの触れ合いの中でそれぞれの人のいいところをたくさん見つけて、「この人のこういうところが好きだな」と思うほどに自分の好みもくっきりとわかるようになったこと。それは、見ている世界が狭かった頃の自分が選んでいた答えとは少し違っているということ。ずっとそばにいられなくても、今この瞬間仲良しになって一緒に喋ったという記憶自体を大事にすることのほうが、素敵だと思えたこと。永遠よりも今の方が大事だと思える瞬間が、増えてきたこと。自分は完璧などではなく、間違えながらそれでも生きていくということに意味があること。心から通じ合った、時間の感覚を忘れてしまうような一瞬のことを、本当は永遠と呼ぶかもしれないということ。

もちろん、今も昔も変わらずに信じていられる志や、ずっと好きだと思えるものは確かにありますが、それ以外にも納得する答えが増えていくことや、好きだと思えるもののパターンが増えていくことが、人生なのかもしれません。

私たちは、自分自身だけの理想を生きているのでも、この社会が掲げる理想を生きているのでもどちらでもなく、自分のもともとの持ち物と、自分が世の中を渡っていく上で拾ってきた持ち物と、そして何より自分が出会って心を動かされた人や景色、作品や思想、そういったものたちから譲り受けたすべてを合わせて「自分」を生きていくのだと思います。それは生きれば生きるほど変化していくかもしれないし、あまり変わらない人もいるかもしれないけれど、ただひとつわかるのは、その持ち物たちがその種類、その配合で収まっている身体はあなた以外にはいないのだということです。同じ家で育っても、同じ学校に通っても、誰かと似ているねと言われても、ありきたりだの普通だのと言われても、特別な評価を得られなくても、個性的だと言われなくても、あなたの見てきたすべてのことがその配合で混じり合っている存在は、きれいごとではなくあなたしかいないのです。

私はそこに、人が生きていく意味があるということを証明します。

正しさも、好みも、理想も、永遠に変わらないことだけが素晴らしいことではないのかもしれません。個性も、存在理由も、実際のところ確固たるものである必要などなく、ただ、あなたがあなたであることが、あなたが出会った人や物や現象が、少しずつ入っている尊い器のことをあなたと呼ぶのかもしれません。だから、生きている限りは、あなたの正しさや好み、色々なことが変わっていっていいのだと思います。そしてそれは、裏を返せば「いつまでも確実に正しいこと」など本当はあまりなく、思考を停止させないことだけがきっと大切なことである、ということかもしれません。

人のオモテしか見なくて良くない？

あなたは他人に対して、「あの人は裏表があるな」と思ったことがありますか？　少なくとも私は、誰かが誰かに対してそう言っているところを見たこともありますし、私自身がそういったことを噂されたことも何度もあります。悪気がないパターンでも、いつもより声やテンションが低いと「裏の顔？」と言われたり、お客さんの前に出るときの話し方とそうでないときの話し方が無意識に違っているようで、それを裏表が激しいとからかわれたりすることもあります。

しかし、私は思うのです。人や状況によって態度や話し方や話す内容の方向性が変わるのなんて、当たり前のことなのではないかと。

もちろん、誰といてもどこにいてもまったく態度が変わらない人というのはいますし、そういう人は自然体で生きているところがとても素敵だなと思うのですが、大抵の人は責任感や緊張感、ＴＰＯに合わせなければという気持ちからある程度はその状況に合わせた自分というのをカスタマイズしているような気がします。

私なんかはそれがかなり顕著なほうで、人前に立つ時もそのときの内容によってかなり脳の使う場所が違っているのを感じますし、変なもので声の高さもそのときのテンションによって無意識に上下するので、よく「ファンの前でだけぶりっこして高い声を出してる」とか「スタッフさんの前だと声が低い」と言われてしまうのですが、実際のところそれらはすべて無意識だったりもするのです。そして、なぜそんなふうに無意識に話す内容や声色が変わるのかというと、それは私が人前に出る仕事というものに対してずっと緊張感があるからなのだと思います。よく「ぶりっこしたり人によって態度を変える子は性格が悪い」と言う人もいますが、人前に出る時にそれを見る人たちが少しでも満足してくれるように気合を入れて明るく振る舞ったりすることや、そうでない裏方の時間になるべく大人どうしでフラットなテンションで意見交換ができるように普段通りの態度をとることは、どちらも決して悪いことではないと思うのです。

それと同じように、人の性格というのは、対応する相手によって変わることもあります。誰と話しても自分は自分！　という性格の人もいますが、私は対人関係に臆病なところがかなりあるので、話す相手のテンションや性格、その人との関係性や話す内容によって、相手が不愉快にならないように合わせてしまったりします。しかも、それもそうしようとしてそうなっているのではなく、いつも気がついたら人によって違うことを言っていたりもするのです。それは嘘をついているのとはまた少し違い、相手に不愉快に思ってほしくない、できれば私のことを好きになってほしい、という臆病な愛情表現の一環なのだと自覚しています。

自分がそういうことを自覚している人間なので、私は他人に対して「あの子裏表があるな」と悪意を持ったことはありません。むしろ、その人が自分に対してどういう風であるか？　というところだけが、大切なのではないかと感じています。どんなに周りにたくさん人がいても、私のように友達が少なくても、人と関わる時、対話する時、その多くが一対一です。そうして向かい合う時、私も相手も、お互いに対して出すべき面——裏か表、あるいはそれ以外——を提示して話をします。その人が私に対して見せた「その顔」が、私にとっての「その人」ということで、本当は十分なのではないかと思うのです。

噂話が好きな人が話す内容や、電子掲示板に書き込まれる内容など、「あいつは裏では性格が悪い」とか、「人前ではいい顔をしている」とか、人の性格に多面的なところがあるということに対して否定的なことが多いように感じます。しかし、その「悪い面」は愚痴を書き込んでいる当人に向けられたものではない場合がほとんどで、実のところ無関係なことに対して外野から愚痴っているに過ぎないのだと思います。また、そうして人の悪い噂話をしたり掲示板に悪口を書き込んでいる人だって、実際に向き合って話すとその悪い面は直接こちらには向けられなかったりもしますし、街ですれ違ったとしたらまるでそんな一面のことは知らずに通り過ぎてゆくでしょう。

人はいろいろな面を持っているのが当たり前で、誰かを非難する時や好きになる時にその人のすべての面を知って認めてあげる必要などどこにもありませんし、実のところあなたの目に見えるものがあなたの世界のすべてみたいなものなので、やっぱり他人に対して「あなたに直接向けられた面」だけをその人自身だと解釈すれば十分なのだと思います。

お母さんに褒められたくて、点数の悪いテストを机の奥にしまって一〇〇点のテストだけを見せたことがありました。それはずるいことのように見えますが、すこし形を変えてみるとどうでしょう。お母さんに喜んでほしくて、カーネーションの花束から枯れている花を取り除き、きれいに咲いているものだけをあげる。それは卑怯なことでもあると同時に、相手に喜んでほしいという純粋な愛情や、嫌われたくないという臆病な愛情なのかもしれません。

オリジナルの愛で

恋愛、家族愛、友愛……様々な愛によって私たちの暮らしは彩られています。愛は時に、人生の喜びや悲しみをより深く知るための鍵になり、長い人生を生きていく上での大切な理由にもなるでしょう。親の愛で育まれ、友との愛で学び、誰かと愛し合いつがいになって、家族をつくる……そんな愛に包まれた人生はきっと素晴らしいものだと思います。しかし、時には自分の愛のあり方が、「愛はこうあるべきだ」という一般論から外れてしまうことも当然あります。世の中の理想が輝かしく存在する裏側で、「それ以外の愛」や「それに違和感を抱く人々」が確かにいるのだということをちゃんと覚えていたいと思います。もちろん、私自身もそこにカテゴライズされる生き方をしています。

例えば家族愛の話です。私は両親や姉のいる家庭というものが好きだという気持ちもありますが、それをなによりも一番に大切にできるか、と訊かれれば、イエスとは言い切れないところがあります。もちろん、大人になるまで父の働きでご飯を食べさせてもらってきたことや、高校卒業までの学費を負担してくれたこと、お母さんやお姉ちゃんに可愛がってもらったこと、家族全員の仲がずっと良かったとは言い切れないものの、なんとか今日までバラバラにならずに関係を保っていられていることなど、愛情やもっとシンプルな責任感のようなもので結ばれた家族の絆というものに感謝するところも山ほどあります。しかし、いわゆる世間一般で言う「家族愛」という名の下に、家族は離れていても心は繋がっているとか、育ててもらったお礼に親孝行するのが正しい子供の在り方だとか、そういった「家族を大切にしなさい」という価値観に触れると違和感を覚えてしまう私がいます。

正直なところ、今の自分は実家で家族と暮らしていた頃よりも自分らしく生きられていると感じているし、そうして自分らしく生きるようになってから出会えた友達や周りの大人の人たちとのほうが、家族と話す時よりもまともな会話ができてしまいます。「わかり合える」とか「お互いを尊重できる」という観点で言うと、私にとって血の繋がった家族よりもずっと優れた人がたくさんいるのだと知ってしまいました。

実家で暮らしていた頃、家族のことを好きでいたいけれど、どんなに言葉を尽くしても理解し合えないことがあまりに多く、疲弊して諦めてしまうことがたくさんありました。特に父とは掲げている正義や不正義の基準が著しく異なってて、丁寧に自分の考えや心情を説明してわかり合おうとしても「長い言葉を話されると理解できない、そんなふうに親に向かって口答えするなんて俺を馬鹿にしてるんだろう」と怒鳴られてしまうのが常でした。理解をし合いたい、愛していたいからこそ話をすることを諦めたくない、とこちらが望んでも、相手にとっての希望が「口答えをされたくない」「自分の言うことに従ってほしい」だとするのなら、言葉や愛情はなんと無意味なことでしょう。私は家族を愛していたかったけれど、私の渡したい「愛」は、私の家族にとっては別に受け取りたくもなんともない、よく理解できない偏屈な「愛」だったようなのです。

そして、私はこの両親の子供であるというアイデンティティよりもずっと、自分の中に見つけたたくさんの正しさや新しい価値観の方を守らなければいけないと自覚してしまっていたので、大人になるにつれて「家族愛よりも自己愛」という生き方にシフトしていくほかなかったのでした。

普通に、当たり前のように家族を愛し続けることができたらそんなにいいことはないな、と思う気持ちが今でもありますが、家族とわかり合えないまま一緒に暮らさなければならない、という時間は私の孤独を際立たせました。自分が孤独であるということを自覚するのは、自分を知ることの第一歩です。1から100までの間よりも、0から1になる瞬間の方がずっと大事であるように、孤独というスタート地点に立つこと自体が、人生を良くすること——いつか誇れる自分になることへの鍵なのだと思います。自分ってどういう生き物なんだろう？　本当は何を望んでいるんだろう？　どんなふうになりたいんだろう？　何が好きなんだろう？　どこへ行きたいんだろう？　そうして、孤独という誰にも守られていないむき出しの自我を分析していくことで、誰かに望まれたわけでも誰かに押し出されたわけでもない、自分だけの道が始まります。

家族でも友人でもなく自分だけの心の声を聴き始めるタイミングというものがきっと人生にはあって、それが例えば大学生になって一人暮らしを始めた頃にやってくる人もいれば、社会人になって仕事が落ち着いてからやってくる人も、結婚を考えた時にやってくる人も、定年して時間ができてからやってくる人もいると思います。

私は家族に対する「どうやってもわかり合うことができないんだ」という失望が、自分の孤独を知るきっかけになりました。当たり前にわかり合えて愛し合える家族の下に生まれていたら、きっともっと満ち足りていて、こんなに必死に自分の心の本当の姿を知ろうと頭をひねらせることもなかったかもしれません。恵まれなかったことが、自分の中にある本当の望みを教えてくれました。「わかり合えない」ということを突きつけられたおかげで、私はこんなにも私のままで誰かとわかり合ってみたかったのだということを知りました。家族の中で変わり者として扱われたおかげで、自分が「普通」になれる場所を探したいと思えました。与えられなかったという事実によって、逆に与えてくれるものが確かにあるのだと感じます。何かにぶつかり続ける人生は、何にもぶつからずに済む人生よりも損なのではなく、むしろ「きっかけ」の溢れる「濃い」人生なのかもしれないのです。

このようにして、私は家族愛を世間一般的な価値観から外れたところで、オリジナルの形をもって所持しています。また、恋愛や友愛についても、それぞれ自分にとっての定義があります。しかし、世の中では「恋愛ってこういうもの」「友達ならこうじゃなきゃダメ」「家族にはこうしよう」といったような一般論がテレビにも雑誌にも溢れていて、それらと照らし合わせるたびになんだか自分の方がおかしいのではないか、という気持ちにさせられるのも事実です。

しかし、愛というのはごく個人的な持ち物で、本当はあるべき形を他者から決められるべきものではありません。自分の持ち物のあり方は自分が決めればいいし、恋愛や友愛や家族愛……そういった愛の名称の境目すら、本当は自分で線を引いていい、あるいは線引きをしないという選択肢すら選んでもいいのです。友達のことをこっそり家族よりも大事にしてしまってもいいし、恋人に友情を感じてもいい。ペットに恋をしていてもいいし、その全ての愛を物体や作品など人以外のものにしか向けないという生き方をしてもきっといい、血の繋がっている家族でも愛せない時は愛さなくていいし、誰のことも愛せないなら、愛せる人や何かが現れるまでは、きっと自分を愛して守っていくことに愛情を使うことも、健全な愛の形なのだと思うのです。

私たちは誰しも、完璧に恵まれた形で生まれることなどきっとありません。多かれ少なかれ、何かが満ち足りていれば何かが欠けている、完璧に見える誰かもきっと何か欠損を抱えている、環境が恵まれていることによって見逃してしまう風景もきっとある、そして欠けている部分に自分で何かを見つけながら補って生きていくのだと思います。そうして出来上がったオリジナルの愛し方で、カテゴライズされない愛を誇って生きていってほしいと思います。

ひとりぼっちのなり方

生きているとどこかで、「自分が孤独なんだ」と意識する瞬間があると思います。私の場合は家族とわかり合えなかった時や、小学生の時に友達に仲間外れにされた時、高校や大学で誰といても心を開けない時、一緒に観に行った映画の感想がまったく噛み合わなかった時……あるいはひとりぼっちで歩く夜道が清々しくて気持ちよかった時、携帯を見ないで過ごす時間が幸福だと感じる時、一人で旅行をするといつもよりいろいろな景色がちゃんと目に映ると気付いた時……それは寂しさを伴うことも喜びを伴うこともありますが、全ての瞬間に共通するのは「目の覚めるような、ハッとする感覚」があるということでした。

孤独を実感する瞬間、その感覚は、何かの影響を受けたものでも誰かに促されたものでもなく、正真正銘自分自身が感じているものなのだと思います。それは、孤独というものがいつも、自分とそれ以外の全てとの間にある違いや、それによる摩擦によって実感するものであり、すなわち「自分という生き物の輪郭を知る」行為でもあるからです。一般的に「孤独」という言葉にはマイナスなイメージがつき纏っていますし、Jポップでは今日も「あなたは孤独じゃないよ」といったメッセージを高らかに歌う曲がヒットしていたりするので、どうしても自分が「孤独」であるということを認めるのは勇気がいることだったりもします。しかし、そもそも孤独であることは異常なことでもなんでもなく、みんなが当たり前に一人ひとつずつの身体と命をもって生まれてきてしまっている時点で、誰もが孤独なのだと思います。ただ、それに一生気がつくことなく生きていく人もいるし、途中でそれに気づく人もいる、それだけの違いなのです。

私は、孤独が好きです。むしろ、孤独が悪いものだということを誰が決めたんだろう、といつも思っているくらいです。孤独には大きく分けて二つの意味があって、ひとつは身体的に孤独であること。家族や友達がいないとか、一人でいることが多いとか、そういう状況を言います。もうひとつの方が重要で、人と関わっていても、家族がいても友達がいても恋人といても、どんな時でもどこかひとりぼっちでいるような気持ちがする時、身体よりも心の方が孤独であるのだと思います。

心が孤独である限り、人は人間関係のうちで満たされることはありません。しかし、孤独であることに気がついたならば、それはその人にとって大きな財産になり得ます。人生の価値というのは、友達が多くて仕事も充実していて……といった、他者との関わりのうちでだけ決定されるものではありません。その人自身が、自分の本当の望みを探すこと、自分とはどういう生き物なのかを考え続けることが、命を本当の意味で充実させるのだと思います。せっかく自分に生まれたのだから、自分にしかできない何かを探したい。自分のことを知りたい。そう思うことは素敵な欲求であり、また、孤独であるからこそ——他者から完全な満足を得ていないからこそ——求めることができる、より良い人生への扉です。

他者に対して満足できない時、人は、自分に対して期待をするほかなくなります。しかし本来は人はひとりひとり別の生き物として生きているので、自分の満足は自分で探して自分でつくり出すことがきっと大切なのです。他人に期待し、他人に自分の幸／不幸の責任を背負わせることは一見楽な生き方ですが、幸せでない時さえそれを他者のせいにしてしまうと、救いがありません。幸も不幸も自分の手で舵を切っていくという、孤独の覚悟さえあれば、きっとどこへだって行けるのです。

とはいえ、人と人との繋がりが美化され重要視されるこの社会、どこへいけば孤独に浸ることができるのでしょうか。会社で働けば終業後は飲み会に参加しなければいけないし、私のように個人プレーが主である仕事をしていてもやっぱり付き合いは大切だし、周りの大人にある程度頼ったり相談をしたりして関係性を築くことも重要で、さらには友達をまったくつくらなければ周りの人たちの印象が悪くなったりもします。それでも、まったくひとりぼっちである時間というものを意識してつくらないと、自分がどんどんすり減ってしまう感覚に陥ったりもします。

大事なのは、ひとりぼっちになるスイッチを自分の中に設けることかもしれないな、と慌ただしい日々の中で思います。

たとえば、家に帰るまでの間に自分が心の底からいいと思っている音楽を聴いたり、小説を読んだり、何かリアルな人間関係とは切り離された個人的な心の機微を感じる時間をつくること。実家や寮暮らしで一人の時間がない時は、意識して夜に三〇分散歩をするとか、長い時間お風呂に浸かるとか、誰とも話さずに自分の脳内だけを巡る時間を短くてもつくること。友達との誘いは全部にＯＫしなくてもいいというルールにするとか、まるきり人と会わない休日をつくるとか、一人旅を計画するとか、自分自身を見つめながら過ごす休日を大事にすること。そして私の経験上一番手軽で一番大事だと思えたのは、「本当に大事なことは、誰にも言わない」というルールをつくることでした。もちろん、仲のいい友達にはなんでも話したくなりますが、それでも誰かに話すということはその人の意見を少なからず聴いてしまうことになります。だけれど、本当に大事な感情や、特別な作品や場所との出会い、幸福な出来事は、純度を保った自分だけの宝物として誰にも見せずにしまっておくことで、いつまでも立ち返ることのできる自分だけの孤独な幸福になります。本当に一人きりになれる場所がなかなか見つけられないこの世界でも、心の中にひとつでも自分だけのものがあれば、大切なことを見失わないための目印にすることができるのではないかと思うのです。

せーの、で世界を変える

ＳＮＳが発展して、毎日インターネット上には何かへの不満や文句が延々と垂れ流され続けています。その話題は国際問題や貧困、税金や福祉といった政治に関連するものから、いじめや男女差別、事件や事故など社会や個人に関する問題、さらには芸能人や有名人の不倫や不祥事についてなど、実に様々です。電車に乗れば中吊り広告には過激な文言が並び、書店に行けばヘイトを煽る見出しの本や雑誌が並べられ、どこに行っても何かしらネガティヴな言葉を目にする世の中になりました。

実際のところ、世の中がヘイトで満ち溢れるようになったのではなくインターネットの発展によってどんな立場の人でも世の中に発信をすることが可能になった為、今まで水面下で蠢いていた感情までもが可視化されてきたのだと思います。きっといつの時代も人々の性質は大きく変わってなどはいないのだと思いますが、今の時代は特に、政治的な発言や、自分の意見を強く主張する人の発言に対して厳しい風潮があると感じています。

ひとつひとつを学んでいくと世の中は問題で溢れかえっているし、変えていかなければいけないことや声をあげなければいけない理由も山ほどありますが、やはりなかなか「自分の意見」とは人に言えないものだと思います。

私もこうして持論たっぷりの本を書いてはいますが、実際のところ自分の意見を誰かにはっきり伝えたり、たくさんの人が見ているSNS上でもの申したりすることはほとんどしたことがありません。何かはっきりした意見を言うということはその意見に一致しない意見のことを間接的に否定するという行為にも見えますし、敵をつくったり、意見の整合性を精査されてほつれがあった場合は叩かれたりと、とにかくリスクが大きいです。特にSNS上ではどんな人でも誰かの意見にブーイングをしたり揚げ足を取ったりもできるシステムなので、誰にも叩かれたくないから危ない橋は渡らない、という選択をしている人がほとんどなのではないかと思うのです。

意見をはっきりと言う人が嫌われたり珍しがられたりする一方で、それをできない人たちの中には、はっきりと意見を言える人に対して憧れを抱く人たちもいます。日本は特に、周りの空気を読み合ってそのコミュニティから浮かないように努めている人がとても多いので、それが正義とされる反面、そうでない人がなんだかとても立派に見えたりもするものです。過激なツイートをして炎上する人にも、よく見るとそんな破天荒で過激なところに憧れを抱いているファンがいたりします。また、そんな習性を利用して炎上商法を繰り広げたり、オンラインサロンを開設して独自のコミュニティをつくる人も少なくありません。ネット上に、インスタントな「指導者」役が乱立するこの時代で、自分の意見があまりなかったり、流されやすい人たちは、自分で神様を選ぼうとするのです。

しかし、正しさも、さらにはあなた自身を救ってくれる言葉もひとつではなく、本当に冷静にならないと、ついていく人を見誤ってしまう危険性がありま す。本書の冒頭でお話ししたような、私の母が宗教にハマっているという話さえ、特殊な事例などではなく、ごく普通のよくある話だったりするのです。人工の「神様」はそこら中にいます。宗教に限らず、さらにはオンラインサロンの長にも限らず、もちろん政治家や専門家にも限らず、時にはアイドルやミュージシャン、さらに小さなコミュニティではクラスで一番人気者のあの子の言うことでさえなんでも正しいと思い込んでしまう——なんて心理も、自分で選んだ神様を崇拝する行為に変わりないのです。

人にはひとりひとり孤独な自我があって、それをちゃんと見つめて本当に望むことを大事にして生きていくことこそが美しい生き方だと私は思っているので、自分という世界で一番小さな自分のためだけの神様をやわらかくこっそり信じて生きていくことを個人的にはオススメしますが、やっぱり誰かに自分のことを導いてほしいと感じるのも人間の性というものです。

だけれど私には、そういった、圧倒的な誰かに導いてほしい、という欲求や、正解のない世界で迷いながら生きていることの不安を利用してビジネスにする、というやりかたでお金を稼いでいる人がたくさんいるという事実に、どうにも胸が痛んで仕方ないという気持ちがあります。もしも誰かを導こうとするのなら、巻き込んだ人のことをひとりひとり絶対に最後まで大事にして、人をお金や数字として見ることなく、利己的に使役することなく、都合よく解釈することなく、責任を持って共に生きる覚悟をするべきだと感じます。

そんなふうに迷いながら生きている人がほとんどの世界で、誰もがもっとカジュアルに、間違えても中途半端でもいいからどんどん自分の意見――自分がどんなものを良いとしてどんなものを良くないと思うのか、社会にどうなっていってほしいのか、自分がどう生きていきたいのか、何に反対で何に賛成なのか――を口に出せる世の中にするには、どうすればいいのでしょうか。

たまに想い描くのは、「せーの」で突然、意見を自由に話し合えるようになる世界のことです。

人々の憧れや崇拝の気持ちを、もっとポジティブに使うことができたらいいのではないかと思っています。例えば芸能人やミュージシャン、アーティスト、誰かから憧れられる立場にいる人たちも、ひとりひとり別々に政治的発言や主張の強い発言をすると、何かを叩きたいだけの人たちに一斉に叩かれてしまいますが、影響力が強い人たちが一斉に発言をするようにして「一体誰を叩いたらいいのかわからない」という状況にしてしまえば、世間の空気がまた変わってくるのではないかと夢想しているのです。

芸能人も有名人もあくまでひとりの人間で、有名になったからといって人間的に強度が増すわけではないことも知っているので、影響力が強いという理由だけで大きな責任を背負わせるという考え方は私は好きではないのですが、「憧れられる」という才能をポジティブに使っていくとしたら、影響されやすい人たちも巻き込んで、もっと世の中をいい方向へ動かしていくことも可能なのではないかと思うのです。

誰かに憧れることも、誰かから憧れられることも、希望を孕んだ人間の素敵な性質だと思います。だからこそ、その気持ちに不用意につけ込まれたり、その気持ちを自分の利益のために悪用したりすることなく、もっと誰かや世の中がより良くなっていくために使っていければいいのではないかと思っています。

どうしても、世の中のことや、身近な他人のことでさえ、親身になって自分ごととして考えるためにはある程度の精神的余裕が必要です。政治に興味関心がない、と答える若い人たちの中には、「世の中のことよりも自分の身の回りのことで精一杯」と考えている人が多いのも確かです。それでも、他人の不幸せや不便を、自分には関係がないこととして切り捨て続けると、いつか自分が、その「誰かに無関係だと切り捨てられる側」になる可能性があるのです。他人のことを少しでも自分のことのように、そして世の中のことを少しでも自分自身の生きている世界だと意識して見つめることができたら、その真摯さは必ずあなたのもとへ良い形で返ってくるのだと思います。

老いるのはかっこいい

若い女性として、特にＡＶ業界のような若さや容姿が重要視される価値観の中に身を置いていると、歳を重ねることがどこか悪いことのように感じることがあります。この業界に限らず、世間でも「アラサー」や「アラフォー」といった言葉が時には自虐的に使われたり、バラエティ番組で女性タレントの年齢をいじったり、男性でも「おじさん」という言葉がネガティブな意味で使われたり、「○○歳なのに××」といった文脈で、年齢のもつイメージと行動や服装が合っていないことを貶すような風潮もあったりします。人は誰しも生まれてから歳を重ね続ける生き物なのに、どうしてこんなふうに、歳を重ねることを悪い意味に捉えてしまうのでしょうか。

そういえば、大人と呼ばれる年齢に到達する以前は、もっと早く大人になりたい、と思っていました。特に私は子供として大人に守られたり何かを教わったりするよりも、守られなくても良いからもっと色んなところに行ってみたい、自分が予想したことが本当かどうか確かめたり、この世界がどんなふうに回っているのかを早く見に行きたい、お母さんや先生の言っていることよりももっと自分に合った正しさがこの世界のどこかにあるかもしれない……とそわそわしていた子供だったので、歳を重ねるということをポジティブな意味でしか捉えていなかったのです。そして周りにも、大人というものに憧れる子供がたくさんいるように感じていました。

しかし、一〇代を越えると徐々に、歳を重ねることがいい意味ばかりではなくなっていくような世間の空気を感じ始めました。事実、ＡＶ女優もグラビアアイドルも、タレントも「より若い方が価値がある」といった見られ方をされますし、いわゆる婚活などで男性がお相手の希望条件に「二〇代まで」などと若い女性を求めることも多いそうです。学生時代、歳を重ねることに特に関心もないように今を楽しんでいた友達も、いつからか「もう〇〇歳だし……」といった、年齢を理由に何かを諦めたり制限するような言動が増えてきます。しかし私は、年齢を重ねることが悪いことであるはずがないと、大人と呼ばれるようになった今も思うのです。

それもこれも、若いうちというのは、何も知らぬがゆえ、いつどこでなにをしていてもどこか気恥ずかしい、という感覚が私にはあったのでした。特にわかりやすい例で言うと、子供の頃、私の家はなぜかいつもゴミ屋敷寸前くらいのスケールで散らかっていたので、それを理由にお母さんは私が友達を家に呼ぶことを許してはくれませんでした。しかしそうして「友達を家に呼び、自分の生活スペースを見られる」という経験をまったくしないまま成長した私は、大人になってもずっと他人に生活スペースを見られるということが恥ずかしくてたまらないのです。たとえどんなに綺麗に片付けても、個人的な趣味がわかるようなものや生活感のあるものを見えない場所に仕舞っても、どうしたって恥ずかしさは消えないのでした。

経験を重ねていないと、そのぶん自分が他人より未熟であるかどうかとか、正常と見られる行動をしているかどうかとか、とにかく自分という存在の塩梅を測る物差し自体が作られないのです。この場合は、私は「自分の部屋が他人にとってどうであるのか」を想像するための物差しを持たないまま大人になったので、いつまでもどこか「自分の部屋は変なのではないか」という気持ちで得体の知れない不安と戦わざるを得ない状態になっているのでした。

恥ずかしい、という気持ちを分解すると、不安というものが含まれていることに気がつきます。「他人より劣っていたらどうしよう」「間違っていたらどうしよう」あるいは「何が正しいかわからない」「どのくらいがちょうどいいのかわからない」「他人の期待値に応えられていない」といった、自分の力量を知らないが故の不安です。恥ずかしさとは未熟さの上に発生し、また未熟さとは、まだ知らないということ、自分という生き物の可能な領域を把握できていないということ、それすなわち「若さ」なのだと思うのです。

もちろん、自分の力量を知らないからこそ飛び出せる場所があり、挑戦できるものがあり、起こり得る奇跡があります。偶発的な奇跡に最も近いのは、無知と勢いを併せ持った若い命なのかもしれません。しかし、私は偶然起こる奇跡よりも、自分のことや世界のことをよく知り、自分の今持っている力量でできる最善のことは何であるかを慎重に推し量り、自分の手から生み出せるちょうどいい力を発揮していくことのほうが、この世界を動かしていくために大事なのだと信じています。

生まれながらの魔法使いではない私たちは、自分で魔法の使い方を覚え、自分にはどんな魔法が合っているのか、あるいは誰かの能力を引き出したり組み合わせたりする才能があるのか、自分にできることは一体なんなのか、そういったことを経験――歳を重ねるごとに増えていくもの――から得て、最もいい自分のあり方というものを探していくのだと思います。そして、そういった経験から繰り出される魔法は、偶発的な奇跡よりももっと確かに、誰かの役に立ったり、何かを支えたり、時にはあなた自身の自尊心を洗練させてくれるのだと思うのです。

3・11の東日本大震災が起きた時、私は学校の小論文大会で、それまで書き進めていたよくある感じの小論文のテーマを投げ捨て、「いかに自分達が今無力であるのか」に終始する論文を書きました。学生で、まだ家族や学校から出た広い世界のことを知らないが故に、未熟な全能感を持っていたはずの私は、震災後のニュース番組を見て、どうにもこんなにたくさんの人が犠牲になっている今でさえ、自分にできることが全くないのだということを受け入れるしかありませんでした。学生というのはどうしても、「これからなんでもできる」「無限の可能性がある」と、若さをポジティブなものとして教えられることがとても多いので、その時までずっと自分が無知で他人の役に立つようなことは何一つできず、今目の前で苦しんでいる人がいたとしてもできることが一つもない、という現実のことなんて、気づかないまま生きていたのでした。

人には、自分が無力であるということを受け入れるその瞬間から始まるものがあります。そのときからずっと私には、やっぱり若いということはどこか恥ずかしいことなのかも知れない、という意識がうっすらとずっと残っているのでした。だからどうしても、いくら若いということで得る利益がたくさんあったとしても、それよりももっと早く大人になって、無知で無力な自分から抜け出したい、という気持ちの方が強くあるのです。

容姿や体力が重要視される価値観の中では、老いることはマイナスだと捉えることも多いでしょう。特に私たちが普段触れるメディアや、それらに影響を受けた学校や会社での会話のうちでは、見た目が若々しく綺麗だったりカッコ良かったりすることや体力があることがより価値のあることなのだという基準に頭を支配されそうにもなります。しかしそれはこの世界での当たり前の価値観のように見えて、実際のところ偏った価値観のうちの一つなのです。

もちろん若さを価値のあるものとしてしか捉えない生き方——歳を重ねるごとに自分の価値がすり減っていくような考え方——もこの世にあっていいと思いますが、歳を重ねていくこと、そのぶんの時間をあなたがあなたの心と身体をもって生きてきたこと、そういった小さな歴史の尊さというのも、確かなものです。身体に綻びが出たり、シワが増えたり肌が老化したり、そういった表面上のことを嘆く気持ちもわからなくはありませんが、それさえも、あなたが生きてきたことの愛しい結果でしかないのだと思っています。生きることはかっこいい、だから老いるということもすなわちシンプルにかっこいい。私は素直にそう思いながら生きていきます。

愛になりたかったものたち

愛されたかったな、と思う瞬間があなたにもあると思います。もちろん私にもあって、その渇望は両親に対してや、学校の先生、友達、仕事を始めてから関わった人たち、それぞれに少しずつ振り分けられています。私はこういう性格なので、誰かが良かれと思って私にしたことで逆に傷ついたり、反対に私が良かれと思ってしたことが誰かにとっては失礼や迷惑なことだったりして、なかなか他人と真っ当なかたちで愛情を交換し合えないことばかりです。

たまに、他人のことを眩しいと感じることがあります。それは、ごく当たり前のように「みんな」と仲良くできて、「みんな」が笑うようなことで一緒に笑って、「みんな」が見ているテレビを見ていて、「みんな」に引かれないちょうどいい話題で会話ができる——そんないわゆる「普通」の人に対してのことです。よくよく考えると誰もがみんな多かれ少なかれ悩みを抱えているし、もしかしたらその〝眩しい人〟だってものすごく努力してその「普通」の感覚を手に入れたかもしれないし、誰かのことを無責任に羨むことほど愚かなことはないのですが、それでも、どうしても、私もそんなふうにみんなと喋りたかったな、と思ってしまうことがあります。

私はというと、誰かに遊びに誘われてもつい「自分となんて本当は遊びたいわけない」と思ってしまって、いざ遊んだ時に幻滅されるのがいやで断ってしまうこともありますし、大人数で話すと大抵みんなと違うタイミングで笑ったりして変な空気にしてしまうし、テレビは情報が目まぐるしくて且つ色々なバイアスがかかっているので苦手でほとんど見ないし、なんだかどこにいても、私なんていなくてもいいんじゃないか、という考えに陥ることがあります。

それは単純に「愛された記憶」の不足からきているのではないかと思っていて、根本的に「自分なんて愛されるはずがない」という思考に支配されているので、上手に人付き合いができないのです。そして、同じように生きている人はこの世界にとてもたくさんいるのだということも知っています。親も環境も、自分では選べない上に、完璧である確率だってそう高くはないのですから、ある意味仕方のないことなのかもしれません。

一八歳のある日、一人暮らしのアパートに様子を見に来ていたお母さんと、口論になったことがありました。詳しい内容は忘れてしまいましたが、お母さんが私の考えていることを理解できない、といった文脈だったと思います。その最中、お母さんは泣き出し、私に対してこう言いました。「あなたの育て方を間違えちゃってごめんね」。私は一瞬何を言われたかわからないほど驚いてしまって、それから数秒かけて「もしかしてすごくひどいことを言われているのではないか」と思い至りました。

私はお母さんにとっては「間違い」で、それを育てたお母さんは謝るべき加害者だ、という認識らしいのでした。絶望に頭がくらくらするのを感じながら、それでも絶望というものはただの思考停止で何の価値もなく、とりあえずお母さんに泣き止んでもらう方法を探そうと思いました。お母さんに失敗作だと思われていても、私は知っていました――私にとって私はべつに失敗じゃなくて、ただ私であるだけなのだということを。そして、これからもっと、お母さんが理解できないことを考えていくし、おこなっていくということも。それから私の口をついて出た言葉は間抜けなものでした。「お母さん何を言っているの。お母さんにはまだわからないかもしれないけど、この私を産んで育てたなんてやばいことだよ。私は本当にすごいことになるよ。だって今の時点でお母さんの理解を超えているんでしょう。いつか、私を産んで育てた人間だということが、なんて立派なことをしたんだろうって、誇りになる瞬間がくるよ」それはあまりにバカバカしく、根拠のない言葉でしたが、「間違い」という重い重い言葉に凍りついたその場面を肩透かしするには十分な滑稽さを保っていました。そして、私は思うのです――ここで、「こんなふうに育ってごめんね」なんて口にしたら、お母さんは本当に加害者になってしまう、と。誰しも、子供を育てる時、それが失敗作になったらいいなんて思っているわけがありません。きっとお母さんだって、お母さんに理解ができる「良さ」をもった、お母さんの価値観に当てはまる「良い子」を育てたかったのだと思います。だけれどそれは、誰のせいでもなく、ただ運命の掛け違いで、叶わなかったのです。……まあ、もっと子供らしい本音を言うならば、自分の子供に失敗作って言うなんて最低！　と怒鳴り散らすこともできたのですが、その時はすでに、お母さんやお父さんに対して「自分の方が子供である」という意識をあまり持っていませんでした。「あなたを思った通りの子に育てられなくて、ごめんね」とめそめそ泣いているお母さんを見て、「ああ、お母さんもまだ子供だったんだ、子供なのに子供を育てていたんだなあ」と、どこか諦めのような慈しみが湧いてくるのを感じていたのです。

その時のことや、お父さんとわかり合えなかったことなんかを思い出すと、たまにはピュアな気持ちで「もっとちゃんと愛して欲しかったな」と思ったりもしますが、それもきっと私の受け取りたい愛と彼らが渡そうとした愛の形が不一致だっただけの結果で、誰も初めから傷つけ合いたいなどと望んでいるわけではありませんでした。

私だってきっと十分に偏っていて、自分の価値観以外のことをまだまだ理解できずに生きていて、その中で私にしか渡せない愛と受け取れない愛を大事にし続けています。それが、たまたま、パズルのピースの凹凸がはまらない時のように、不一致だっただけのことなのだと思います。そして、愛したかった、愛して欲しかった、という気持ち自体は、相手に届かなかったとしても、自分が受け取ることができなかったとしても、汚れないまま尊いものとしてそこにあるのだと信じています。

お父さんやお母さんに対する気持ちと近い感情を最近抱いたのは、所属事務所の社長に対してでした。社長は一八〇センチメートル超えのオールバックでスーツの似合うとてもダンディな四〇代の男性で、なんというか、第一印象は住む世界が違うように見えてしまう人でした。私は事務所に入った当初ほとんど関わることがなく、ちゃんと話をしたこともなかったので見た目通り自分の人生からはずっと遠い界隈にいる人なのだろうな、と思っていましたが、それは話をしたことがなかったから思っていたことで、本当はとても優しい人です。私の担当マネージャーはいつも若い男性で、いろいろあって三回も替わっているのですが、その誰もが「社長は人を年齢や経歴で判断しないでその人自身を見てくれる」と話していました。お酒の席が大好きで、夜中に一人でいると若いマネージャーたちを家に呼んでギターを弾いて聴かせ、私のファンイベントにもギターを弾きに来ました。人柄を知ってみると、賑やかな場所が好きな、気のいい人でした。

今でこそいい人だと知ってはいますが、事務所に入ってしばらく経つまでは、私は社長にどこかもやもやした気持ちを抱えていました。それは「どうして私のことを見てくれないの?」という、お父さんや先生に抱くような感情でした。私はデビューの仕方も決して華々しくはありませんでしたし、社長がしっかり育てて世に出している先輩女優さんたちはもっと見た目も可愛くスタイルも良く、いわゆる大きなメーカーの専属契約をしている第一線を張れる女の子たちで、私はというと、社長にとっては注目するに値しない印象の、どこにでもいそうな新人に見えていたのだと思います。

その頃私は全方位にそういったジレンマを抱えていて、ルックスや表面上のステイタスから算出される私の値段と私への期待値はこんなものなのか、という現実にえも言われぬ落胆を噛みしめていました。私の内面には、爆発しそうな何かが眠っていて、誰かがもしも今手を貸してくれたなら、新しいスタートのこのタイミングで、駆け出していくことができるのに——とそわそわしていたのです。私の良さがわからないなんて、センスがないな、と思う反面、こんなに低く見積もられるなんて、やっぱり私って普通になんの価値もない人間なのかな、と思う気持ちもありました。煌びやかなデビューをして社長につきっきりで営業してもらえる女の子がいる中で、私は話す機会すらろくにない。そんな日々は、今思い返しても切ないものでした。

社長は昔気質《かたぎ》な人なので、相談したり頼ってきてくれる女の子がやっぱり可愛く思えるようでした。私は当然他人への頼り方も甘え方も知らずにたった一人で生きていく覚悟で人生を泳いできたし、むしろ甘ったれずに凛々しく道を切り開いていくことの方が事務所に対しての愛情表現になるとさえ思っていました。なので、なんの相談もしてこない、何も話さないから何を考えているのかもわからない、いつのまにか一般的なＡＶ女優の仕事以外の分野にもほいほい手を伸ばしている、そんな私のことが、社長はずっとよくわからなかったのだと思います。

事務所にはたくさんの女の子が入っては出ていき、なんだかんだでそこそこ長くいる人となった私は、徐々に社長と交流することも増えていきました。イベントに遊びに来たり、ごはんに連れて行ってもらったり、そういったチャンスで私は社長ともっと理解し合いたいな、とこっそり思ってはいるのですが、なぜかあまりうまくいかないのが現実です。そもそも生きてきた文化がかなり違う人間どうしなので、私が良かれと思ってファンイベントで歌った曲が社長にとっては「知らない」や「暗すぎる」といった理由で難色を示されたり、社長が良かれと思って私のイベントで私のことを少しいじるような発言をしたら私のファンの人から苦情が来てしまったり……と、「わかり合えない」という感情になることもしばしばあります。その時々に、やっぱり生きてきた文化や価値観がここまで違うと人と人とはわかり合うことができないのだろうか、と落ち込んだりもしますが、本当のことを言うと、わかり合えそうもない相手に対して、関わろうと思ってくれる、それだけで十分嬉しかったりもするのです。人は、同じ価値観の相手とばかり関わり続けていくことだってできるはずです。それでも私は私なりに社長と、わからないなりに、仲良くしたいと思い続けているし、社長も社長なりに、私にほんの少しでも関わろうとしてくれているのでした。

愛というものは、それを与えたいと思う人がいて、そしてそれを受け取ろうとするちょうどいい器があって、初めて愛になります。

私が子供だったり、意地をはっていたり、相手が無骨だったり、タイミングが悪かったり、勘違いしていたり、価値観が著しく異なっていたり、最悪な第一印象を引きずってしまったり、と様々な要因で受け取ることが叶わなかった「愛になることができなかった何か」＝「愛になりたかった何か」のことを、一度深呼吸して、愛せなかったり愛されなかったことの悲しみを振り払って、ああ、きっとこれも愛を構成するうちの一部だったんだな——と見つけ直して受け取ることが、大人になった私たちにはできるのだと思います。

誰かに対して、愛してくれなかった、と恨みつらみを言うことは、悲しかった記憶の一時的な発散にはなりますが、本当の意味での魂の慰みにはなりません。いつまでも微々たる憎しみを抱えて生きていくことは、ある意味では思考を停止させていることにもなり得ます。だけれど、私たちには明日が来るので、愛も、愛の不足に対する悲しみもまた、進化していくことができるのです。今日よりも明日、もっと穏やかな気持ちで、自らを取り巻く愛のかたちを見守っていくことができるのです。

絶望という名の停滞に支配されそうな時、大事にしている考え方があります。それは、目の前のことに行き詰まった時には、一度スケールを大きくして物事を考えること。そして、ずっと先のことを考えて途方に暮れてしまった時には、すぐ目の前のことだけをまた見つめ直すことです。

業界内でとても愛されていた人が亡くなってしまった時、私はそのことを

ＷＥＢのコラムに書きました。それまで私の文筆業になんて興味ないんだろうな、と勝手に思っていた社長から、そのコラムを読んで涙が出たと連絡が来ました。そして、あなたの文章にはすごい力があると、これからも続けてほしいと言ってもらったのです。今でも社長と考え方が違ってわかり合えないな、と目の前で思ってしまった時には、この時の言葉を思い出すようにしています。目の前で通じ合えなくても、心を込めて書いた文章を読んでもらった時には、言葉の魔法が遠回りでわだかまりを溶かしてくれることもあるのです。

そんなふうに、受け取り方や感じ方を絶えず変えながら、受け取ることのできる愛の種類をもっとずっと増やしていきたいと思っています。不貞腐《ふてくさ》れず、面倒臭がらず、他人を見くびらず、想像力をしずかに燃やして。いつか、人生のうちで取りこぼしてきてしまった愛のことを、全部拾いに行くことができたら、きっと心から満ち足りた気持ちになれるのだと思い描きながら。

無いものはつくればいい

思い返せば、「私が普通の存在である」という状況になったことのない人生でした。なんとなく、どこに行っても浮いてしまい、そうならないようにおとなしく自我を薄めるよう努めても自分の心と身体が分裂するような違和感を覚えて耐えられず、個性があるとされる集団に属そうとしても結局馴染めず、血の繋がった家族や地元の住人たちの中でも「普通」の子として存在することができない――そんな自分を不良品のようだと感じてきました。登場シーンにかかわらずどこに行ってもミスキャスト、自分が孤独であるか否かなんて考えなくても初めから知っている――そういうふうに生きてきたのです。何も、誰かに故意に阻まれ続けてきたわけではありませんでしたし、私自身も自ら個性的であろうとか、孤独であろうとか意識したことなどありません。私は私の「普通」を生きようとしてきただけでした。それでも、この世界には私一人の力ではどうにもびくとも変わらないほどの強固な「普通」が存在していて、私はその基準には一致することがなくいつでも「異常」とジャッジされる――私にとっては世の中がずっと、そんなふうに見えていました。

誰かと心からわかり合えるような瞬間のことも、本当に愛している人とだけ結ばれるという愛の夢も、お互いを尊敬し合えるような友情も、心の自由を失わずに生きていく喜びも、いつか走馬灯にうんと好きなシーンだけを流せるように生きていくという理想も、私が人生というものに対して諦めることができなかったものでした。しかし、生きれば生きるほど、こんな夢幻《ゆめまぼろし》に足を取られるくらいなら、もっと何もかも諦めて、「普通」に「大人」になって生きていけ、と諫める声が聞こえてくるのでした。

この世界にはどうして私の望むものがないんだろう？　生きても生きてもどうして満足できないんだろう？　本当に人生ってこんなものなのかな？　心の底から感動するようなことってないのかな？　そんな問いが頭の中をぐるぐると回る日々の中、それでもどこか最後まで何かを探していたいと思ってしまうのが、私という人間でした。

答えは簡単で、無いものならばつくればいいのです。人生というものは、誰のことも愛さず、何も成し遂げようとしないのならばあまりに長く、誰かや何かを愛したり、自分の人生をより良くしていこうと努めるのならば途端に短く感じるものなのだと、なんとなく気がついてしまいました。それが私の、少し変だと言われるままでもそのままの姿で生きようとする理由のひとつだったりするのです。

私はもともと自分のための願い事をあまり持たない人間ですが、ひとつだけずっと持ち続けているお守りのような願望があります。それが生まれたのは、大学の食堂で友達と話していた時でした。その友達は大学に入ってからしばらく私が図書室にばかり入り浸っていた時に、同様に図書室で毎日白黒映画を観ていた子で、そんなふうにいつもだいたい一人でいました。私にとっては、ほとんど学内で唯一と言っていいほど、心を開くことができる友達でした。

その時私は、両親に対して自分の気持ちが伝わらないことや、他の友人と喧嘩してしまったこと、そんなことをきっかけに自分の優しさについて思い悩んでいました。今でも変わらぬ悩みですが、私はいつも自分の信じている「優しさ」と他人にとっての「優しさ」の在り方の違いに困惑していました。例えば私にとって優しさや愛が「お互いを信頼して話し合い、想像し合い、わかり合おうとすることを諦めないこと」だとしても、父にとっては話し合いなんて面倒だからしたくないもので、「自分の言うことを素直に聞いてくれること」が優しさや愛の形なのでした。そうなると、私の優しさや愛は父にとっては優しさでも愛でもなく、ただの迷惑な感情の押しつけでしかなくなってしまうのです。そういう考え方の違いにぶつかるたびに、私は自分のことをどこか化け物のような、優しさや愛を歪な形でしか持つことのできない異常者のような気持ちで捉えていました。きっとこの世界で間違っているのは私の方で、お父さんもお母さんもどうして自分達から生まれたはずの生き物が自分達には理解できないことを主張するのか、わからなくて困っているに違いない――そんなふうに思っていました。

その日学校の食堂で、そんなふうに悩む私に対して、友達はこう言うのです。

「まこちゃんの〝優しさ〟がみんなにとっての〝優しさ〟だったらいいのにね」

私は少しびっくりして、そしてなんだか泣きたい気持ちになりました。続けて「まこちゃんの〝優しさ〟が〝普通〟である世界になったら、それはきっといい世界だと思う」とも言います。それは私にとって目からウロコが落ちるような瞬間でした。ずっと「異常」とされてきた私が「普通」になる世界。そんなものは今まで思いつきもしなかったのです。

それからの私の自分のための願いごとは、いつか私が「普通」になる世界がやってきたらいいのにな、というものになりました。誰かから変わっていると言われる時、そこに含まれているのは軽蔑や諦め以外に、羨望や好奇心もありました。しかし、悪い意味で言われていようといい意味で言われていようと、それに対して私が思うのはいつも同じで、ただ、誰かと自分を区別されることが虚しい、あなたは違う種類の人間だと言われているようで寂しい、という感情でした。私は虚しかったのです。私の優しさや愛が、誰かに渡そうとした途端に優しさでも愛でもない無意味なものに変貌することが。私は寂しかったのです。同じ場所で生きているはずの誰かに、あなたは違うのだと線を引かれてしまうことが。

もちろん、この世界の普通とか平均的な感覚を一気にねじ曲げることはできません。しかし、きっと「普通」の種類を増やすことくらいは可能なのだと思います。例えば結婚のカタチの話で言うならば、古くは「男性と女性が愛し合って結婚をする」ことだけが「普通」の上に置かれてきましたが、そこに「男性同士／女性同士が愛し合ってもいい」「性的に愛し合っているわけではない人同士もパートナーシップを結んで共に生きていい」「誰とも人生を共にしなくてもいい」などといったように色々な事例が出てきたとして、それらを「普通」と認める時に既存の「普通」――男性と女性が愛し合って結婚をすること――が「普通」の座から引きずり下ろされるわけではありません。「普通」は相対的に決定されるものではないので、歴史が進んでいくほどに増やしていくことができるはずなのです。

そんなふうに思うことで、私は自分とこの世界における「普通」との間の磨耗を感じる度に傷つくのではなく、考えるようになりました。私が「普通」でいられる場所を新しくつくるにはどうしたらいいだろう？　と。私だってあなただって、それぞれ別々の生き物だけれど、それは多数決や平均値に関係なくそれぞれがそれぞれの「普通」を生きていて、そんなふうに私には私の居場所が、あなたにはあなたの居場所が、だんだんとつくられていくことが優しい世界への道なのではないかと思ったのです。

この世界の「普通」の中に、自分に向いた「普通」をひとつ増やしたい。その向こうで、もっともっとひとつずつ「普通」が増えていく世界になったらいい。

誰もが誰かの世界では端っこで、同時にその人の世界では真ん中にいる。

そんなふうに捉えていると、なんだかとても自由な気がするのでした。

家族内や学校では、終ぞ自分が「異常」であることを受け入れるほか平和に生活する方法はありませんでしたが、これから行く先々ではきっと、私が新しい普通をつくり出そう――そんな気持ちが、AV女優として新しいスタートを切ってからの私にはポジティブに存在しています。もちろんこの業界内でだって、こびりついた「普通」と私のあり方との差異を指摘されることもたくさんあります。髪型やメイクや服装、人と接するときの深度や頻度、発信するなら誰もがわかる内容だけにしろとか、個性を出したり長い文章を書いたりするとヌけなくなるからバカな女を演じろとか、ＡＶ女優としての「普通」を強制されたり、それをふりかざして「女の子にはこうあって欲しい」という理想を押しつけられたり、もっとこうしろ、と言われるばかりで何もかも嫌になることだってあります。だけれど一方で、私が私らしく表現をしている様を見てファンになってくれた人たちは、私に自らの「普通」や「理想」を押しつけてくることはほとんどありませんでした。それはある意味当たり前で、その人たちが好きになってくれたのは何かや誰かにとって都合がいいように造られた「私」ではなく、私にとって自然であるように私がつくった「私」だからです。そういった人たちと過ごす時間の中では、私は心から笑うことができるし、深く息ができる。私が私であることが、誰かに「異常」とジャッジされることがない。ファンの人たちと接していると、胸が痺れるような、甘い感動があります。夢が今この瞬間叶ってしまっているような。そう、気がついたら私は私が「普通」でいられる小さな世界をつくり上げていたのでした。その空間には、初めて「まこちゃんが普通である世界になったらいいのにね」と友達に言われたときと同じ、目の覚めるような、涙が出そうになるような感動が満ち溢れているのでした。

生まれた場所や育った環境で生まれたままに受け入れられることなんて、誰にも保証されていない、運任せの偶然です。たとえ、自分の生まれ落ちた場所で、自分らしく生きられなくても、なんとか生き抜いて大人になれば、できることも、行ける場所もどんどん増えていきます。行動範囲も広がりますが、私にとって一番嬉しかったのは、頭の中や、心の中さえ、自由になっていけることでした。お母さんの信じている神様も、先生やクラスメイトの言う「普通」も、顔色を窺って一緒に信じてあげなくていい。私の信じるものは私と、私が綺麗だと思ったり良いなと思ったりした全てで、それはぐんぐん増えていって、生きれば生きるほど、人生というものの解像度が上がっていくのです。居場所がないのならつくろう、丁寧に冷静に。

これを書いている今私は映画を撮っていて、その中できっと自分が一番観たかったシーンが撮れるといいな、と願いながら生きています。自分が観たい映画も自分で撮って生きていくのです。恵まれなかったことや見たくなかったものだって最後にはこの先へ歩いて行くための動力にして、誰のせいでも誰のためでもなく、私の人生こそ、私が一番大事に、きっと良くしていこうと誓うのです。

おわりに

孤独を肯定する、という本を書こうと思ってから書き終わる今まで、その気持ちが少しもブレることはありませんでした。

そういう哲学のもとで生きることを選んできた理由が、この本の中には当初思っていたよりもずっとたくさん書かれる結果となりました。書いてみると、平凡だと思っていた私の人生にもそれなりに色々なことがあって、その全てのピースが今の自分に続いているのだなあ、としみじみと不思議な気持ちになります。

この本に書かれている私の人生があなたの目にどんなふうに映ったとしても、これは私が私という存在を確立してきた記録で、私のオリジナルの愛を探し続けてきた記憶です。

それでもきっと私が本を一冊書くに至ったのもたまたまで、運命のガチャが当たっただけで、本当はどんなあなたの人生も、本も映画も敵わない特別な偶然が詰まった宝箱なのだと知っています。だからどうか、正しさを自分以外の誰かから決めつけられないで、面倒でも難しくてもちゃんと見つめて、選んで、あなたはあなたの美しい孤独を抱えて生きていって欲しいと望みます。

自分の幸福も不幸も誰のせいにもしない、自分の喜びや悲しみにちゃんと責任を持つ、自分という唯一の孤独な生き物をいつでもきちんと見つめているたったひとりのストーリーテラーとして生きていくのなら、そんなあなたのことを心から愛する人なんていくらでもいるからです。その「いくらでも」のうちには、もちろん私も含まれています。

あなたでしかないあなたという孤独に、幸多かれといつの日も祈っています。

本書は書き下ろしです。

戸田真琴（とだ・まこと）
AV 女優。
2016年、処女のままSODクリエイトよりデビュー。
2019年、スカパー！アダルト放送大賞女優賞受賞。
趣味の映画鑑賞をベースに各媒体にコラムを寄せるほか、
自身も処女映画監督として処女作を撮影中。
愛称はまこりん。

あなたの孤独《こどく》は美《うつく》しい
二〇一九年十二月十九日　初版第一刷発行
二〇二〇年　二月二五日　初版第二刷発行
著　者　戸田真琴《とだまこと》
発行人　後藤明信
発行所　竹書房
〒一〇二-〇〇七二
東京都千代田区飯田橋二-七-三
電話番号　〇三-三二六四-一五七六（代表）
〇三-三二三四-六三八一（編集）
DTP　岩田伸昭
校　正　鷗来堂
印刷所　共同印刷株式会社
定価はカバーに表示してあります。
乱丁・落丁の場合には竹書房までお問い合わせください。
ISBN978-4-8019-2111-5

JASRAC出　1912546-002